Annie Saumont
Seife aus Paris

Das Buch erscheint im Rahmen des Förderprogramms des
französischen Außenministeriums, vertreten durch
die Französische Botschaft in Bonn.
Cet ouvrage, publié dans le cadre du programme de participation
à la publication, bénéficie du soutien du Ministère des Affaires
Etrangères, représenté par le Service culturel de l'Ambassade
de France à Bonn.

1. Auflage 2003
© der deutschen Ausgabe
edition ebersbach
Droysenstr. 8, 10629 Berlin
www.edition-ebersbach.de

© by Annie Saumont
Übersetzung: Barbara Heber-Schärer: *Klassenarbeit: Diktat, Sonntag-
morgen im Café du Commerce, Montagmorgen im Café du Commerce,
Haben Sie Bertrand nicht gesehen?;* Susanne Nadolny: *Begegnung,
Schritte auf der Treppe, Mädchen an der Bushaltestelle in ein Buch
vertieft;* Daniela Koch: *Zwei Minuten Aufenthalt, Vergewaltigt, Der
Unbekannte;* Gotthardt Schön: *Sarah;* Sigrid Köppen: *Seife aus Paris*
Lektorat: Daniela Koch; Berlin
Umschlaggestaltung: Philine Rath, Berlin
Satz: Verlag Die Werkstatt, Göttingen
Druck und Bindung: Tiskarna Ljubljana, Slowenien
Alle Rechte vorbehalten
ISBN 3-934703-55-0

Annie Saumont

# Seife aus Paris
## Novellen

Übersetzt aus dem Französischen

edition ebersbach

## Klassenarbeit: Diktat

Die Jungen in schwarzen Kitteln. Stehen auf. Treten mit ihren klappernden Holzschuhen aus den Bänken. Und er, der Fotograf, bleibt auf dem Weg zum Katheder einen Augenblick stehen. Sagt Guten Morgen Kinder. Vor dem Fenster das vollkommene Blau des Himmels.

Und sie. Die Lehrerin. Steht auf dem Podium an der Tafel und ruft Herein, ohne auch nur den Kopf zu wenden, schreibt die Überschrift fertig: *Klassenarbeit: Diktat,* mit weißer Kreide, in Schönschrift. Dreht sich auf ihren Holzsohlen herum, Ach ja, Guten Morgen Monsieur. Sie kommen wegen —

Er, der Fotograf. Der, eine schwere Umhängetasche über der Schulter, ungeschickt ein metallenes Stativ trägt (der dicke Messingring glänzt an seinem Ellbogen), es vor dem Pult abstellt und die ausgestreckte Hand der jungen Frau in der weißblau karierten Bluse schüttelt (die Hand, zuerst an der Bluse abgewischt, die eine Kreidespur auf dem Blau hinterlässt), Guten Morgen Madame, ja, wegen des Fotos.

Sie dann – die Lehrerin –, klein, dünn, doch der Baumwollstoff spannt sich über einer runden Brust, sie, jung, blass, mit hellen Haaren, ergreift ihr langes Holzlineal und wendet sich sehr aufrecht, mit gebieterischem Blick den Schülern zu, Neun-, Zehnjährigen, die aufgeregt tuscheln, ein Foto, he klasse, he toll – bis das Lineal aufs Pult schlägt. Sofort ist die Ruhe wiederhergestellt. Nur gestört durch das Klappern der Schuhe auf den Fußleisten der Pulte, als sie sagt, Setzen. Und die Arme werden verschränkt und Zeigefinger an die Lippen gelegt.

Es ist Schuljahrsbeginn. Vor zwei Tagen ist Oberstleutnant H., an der Küste stationierter Offizier und zu Besuch in der Stadt, auf offener Straße von einer Revolverkugel niedergestreckt worden.

*

Sagt – der Fotograf –, die Kinder müssten sich aufstellen. Unter dem Dach des Pausenhofs vielleicht. Sie nickt, Ja, dort wird. Gewöhnlich. Nach einer Pause sagt sie noch, Sie kommen zum ersten Mal. Nicht wahr?

Und er – der Fotograf –, erklärt fast unwillig (er hat die braune Tasche von der Schulter gleiten lassen und hält sie mit gestrecktem Arm am Riemen), dass er vor kurzem bei einer Agentur angefangen hat (»Kunst- und Presse-Fotos«, im Fachjargon kurz KPF, präzisiert er). Als erstes sei er gebeten worden, Fotos für eine Reportage über die alten Häuser im Stadtzentrum zu machen. Also sei er zum Marktplatz gegangen. Sagt, ja, das Licht an diesem Tag war phantastisch (sagt nicht, dass es der Tag des Attentats war).

Die Agentur hätte ihm Marken für F verschafft. Sie, die Stirn runzelnd, F? Er, F, Filmmaterial, und weil noch was davon übrig war, hätte er den Auftrag bekommen, eine von einer Lehrerin betreute Klasse zu fotografieren, für die Serie FRAUEN ÜBERNEHMEN DIE ARBEIT, ergänzt lächelnd (der Fotograf), er hätte Glück gehabt, sie hätten ihn auch in die Klasse einer buckligen Fee schicken können aber die Jungs aus der Redaktion müssen ein paar Nachforschungen angestellt haben, sie (die Lehrerin) bringt ihn mit strengem Blick zum Schweigen, einen Moment könnte man sogar meinen, sie würde ihm auf die Finger schlagen. Er, etwas durcheinander daraufhin, bückt sich, um seine Sachen wieder aufzuheben, sagt, er könne ja schon mal vorgehen in den Pausenhof, wo er die Aufnahme machen werde, wenn die Kinder fertig wären.

7

*

Sagt, bevor er die Tür schließt (der überdachte Teil
ist nicht weit vom Klassenzimmer, man muss nur
quer über den Hof), die Kinder sollten am besten
ihre Kittel ausziehen. Denn, fügt er hinzu, schwarz
auf schwarz und noch mal schwarz, da fehlt der
Kontrast. Sie, die fragt, Der Herr Direktor hat seine Einwilligung gegeben? Er sagt ja, ohne recht zu
wissen, ob sie das Foto oder die Kittel meint.

Er – der Fotograf, von der Putzfrau unter-
stützt –, ordnet unter dem Hofdach ein paar
schmale Bänke zu zwei parallelen Reihen. Klappt
dann das Stativ auf. Befestigt die Kamera darauf,
und die Frau in Pantoffeln und grauleinenem Ar-
beitskittel beobachtet ihn, die Fäuste in die Hüften
gestemmt, Ist teuer, bloß nicht fallen lassen. Wiegt
ein letztes Mal den Kopf, Also auf Wiedersehen
Monsieur. Schon halb, und ich muss noch die Klos
putzen.

*

Sagt (die Lehrerin), wenn jeder seinen Kittel auf
seinem Pult lässt, können wir schneller wieder an
die Arbeit, sobald wir aus dem Pausenhof zurück

sind. Am Tag einer Klassenarbeit in Orthographie bedeutet jede verlorene Sekunde einen Akzent oder ein Komma, die in der Feder stecken bleiben.

Sagt nicht, das Kind in der ersten Reihe, Ich will meinen Kittel nicht ausziehen, weil ich drunter die olle Jacke meines Bruders anhab' ich würd' aussehen wie ein Waisenkind.

Mahnt, die Lehrerin, Beeilen wir uns. Diejenigen, deren Schürzen hinten geschlossen werden, bitten einen Kameraden um Hilfe, eine gute Gelegenheit anzuwenden, was wir in der Ethikstunde über Solidarität gelernt haben. Sagt nicht, das Kind in der mittleren Reihe, Ich will meinen Kittel nicht ausziehen, weil ich einen Flicken auf der Hose hab'. Genau da wo. Da wo mein Hansel scheuert. Meine Mutter schimpft, wenn ich ihn nicht mehr anfassen würd', meinen Hansel, würd' er auch nicht so dick werden und zwischen den Beinen gäb's nicht so'n Verschleiß. Aber ich kann's halt nicht lassen.

Sagt noch, die Lehrerin, Bernstein Martin Damois Lefèvre Arnoux Huet Renaud Duponchelle, zieht eure Kittel aus, trödelt nicht. In der 4. Klasse muss man mit Knöpfen und Knopflöchern zurechtkommen. Und ein Junge aus der letzten Reihe (das ist Lefèvre oder Damois), Wenn sie will, dass ich den Kittel ausziehe, so'n Mist – eher schluck' ich meinen Radiergummi. Wiederholt (die Lehrerin), Sobald ihr fertig seid, in Zweierreihen aufstellen. Und mucksmäuschenstill, wenn ich bitten darf.

Sagt also nicht (das Kind am Pult ganz hinten, unter dem Portrait eines Marschalls, das sie – die Lehrerin – in die dunkelste Ecke verbannt hat, und der Direktor hat die Stirn gerunzelt), weil das kleinste Wörtchen verboten ist und es natürlich so vieles zu verbergen gibt, sagt nicht, Ich zieh' meinen Kittel nicht aus, weil ich mir Vitamin-Kekse zwischen Hemd und Unterhemd gestopft hab'. Die mir die Lehrerin der Kleinen zugesteckt hat, als sie gesehen hat, dass ich gesehen hatte (ja, dass sie welche geklaut hat). Die Lehrerin der Kleinen, die sieht aus wie Greta Garbo im Filmmagazin, und ich hätt' bestimmt nichts gesagt, selbst wenn.

*

Wartet. Er, der Fotograf, und geht, weil draußen die Sonne scheint, ins Freie. Durch die nahe Pforte. Und sieht wieder den Anschlag an der Mauer, den er vorhin gelesen hat.

*Als erste Vergeltungsmaßnahme*
*Habe ich angeordnet,*
*fünfzig Geiseln zu erschießen*

Hebt die Augen zum Himmel. Blau. Vollkommen blau und ruhig. So wie er ihn vor zwei Tagen blau und ruhig über der Stadt gesehen hat, als er seinen Apparat zur Nordostecke des Boulevards trug, um die Häuser auf dem Platz zu fotografieren. Alt, Anfang 17., vielleicht auch Ende 16. Jahrhundert in Fachwerk erbaut. Ein Blick auf unsere Vergangenheit sollte der Artikel heißen. Vorerst war es der Blick eines Soldaten aus der Gegenwart, der, vor dem schönsten der alten Patrizier-Häuser aufgepflanzt, näher heranging, um die Einzelheiten zu studieren. Scharfer Blick unter der flachen Mütze. Der Rumpf in enganliegendem grauen Tuch. Waffe am Gürtel, Reithosen, Lederstiefel.

*Als erste Vergeltungsmaßnahme*

Er – der Fotograf –, der an diesem Tag schnell seine Aufnahmen machen, das flüchtige sanfte Abendlicht nutzen will. Der aber wartet. Während der Offizier über das holprige Pflaster des Trottoirs geht, ein Eindringling, der die Harmonie des Bildes stört.

Der wartet (der Fotograf), dass der Eindringling sich entfernt und verschwindet. Und um sich solang die Zeit zu vertreiben, mit dem Apparat in der Hand versucht, die Straßenlaterne mit den Akanthus-Blättern dort hinten, in der Nähe der Gasse, neben einer der Bänke, gut ins Bild zu bekommen.

Und da.

*

Wenn es so ist, werde ich warten. Hat die Lehrerin erklärt. Schluss mit dem Trubel. Wo glaubt ihr denn, dass ihr seid? Gut, hebt die Hand. Zwei oder drei Bummelanten sehe ich noch, die ihren Kittel nicht ausgezogen haben. Sagt, Ich gebe ihnen dreißig Sekunden, um sich fertig zu machen, und wenn ihnen das nicht reicht, bleiben sie im Klassenzimmer und schreiben den Abschnitt über die Invasion der Barbaren im ersten Jahrhundert unserer Zeitrechnung ab.

Sagt nicht, das Kind am Ende der Reihe, das sich hinter einem größeren Kameraden zu verbergen versucht, Ich will meinen Kittel nicht ausziehen, weil ich Angst hab', dass ihn jemand klaut. Der Kittel ist schöner als die anderen. Meine Mutter hat den Ausschnitt mit Schottenmuster eingefasst, rot und grün, Schrägband heißt das. Sagt nicht, das Kind, das neben seinem Schulranzen hockt und tut, als ob es sich die Schuhe schnürt, Ich will meinen Kittel nicht ausziehen wegen dem gelben Stern, den ich unter meinem Kittel verstecke, und wenn ich ihn auszieh' (meinen Kittel), werden die anderen ihn sehen (den Stern) und mir in der Pause nachlaufen.

Wenn sie mich zwingen will, den Kittel auszuziehen – eher verschluck' ich, glub, meinen Spitzer.

*

Kommt zurück. Der Fotograf. Überprüft die Position des Stativs. Streicht die Falten des schwarzen Tuchs glatt. Holt dann einen Stuhl, den er hinten im Pausenhof gesehen hat. Schiebt die Bänke auseinander, um ihn in die Mitte des Bildes zu stellen.

Die Zweierreihe der Kinder durch den Hof. Und die Lehrerin, Ruhe habe ich gesagt. Tauschen heimlich – die Kinder – ein paar Püffe aus, doch angesichts des magischen Auges plötzlich starr vor Respekt. Außer einem frechen Bengel, der vor dem Stativ stehen bleibt, kichernd einen verstohlenen Kniefall andeutet.

Sagt, die Lehrerin, als sie ihre Schüler in der Flucht der Wasserhähne versammelt hat, die über

13

der langen Zinkrinne aufragen, das stumpfe Metall ist voller Stockflecken, aus einer losen Dichtung rinnt ein dünner Faden rostiges Wasser in ein Emailbecken, sagt, Keiner rührt sich von der Stelle. Monsieur wird euch eure Plätze zeigen. Und da fragt er, Wie viele sind es? Und sie antwortet, Fünfzig.

*

Führt die Jungen zu den Bänken. Langsam, keine Drängelei. Ruhige Kinder jetzt, mit ernsten, fast feierlichen Gesichtern.

Ein schöner Oktobermorgen.

*Habe ich angeordnet,*
*fünfzig Geiseln zu erschießen*

Das steht auf dem Anschlag. Auf dem draußen, dicht bei der Pforte an die Mauer geklebten Anschlagszettel. In der Sonne. Fünfzig Geiseln für einen Schuss, der kaum mehr Lärm gemacht hat, als gleich das Klicken der Kamera vor den fünfzig Schülern der 4. Klasse (Gruppe Jules-Ferry) machen wird.

*Alle zweckdienlichen Informationen*
*sind zu melden bei*

Hört ihn noch deutlich (den Schuss, einen einzigen, aber der Schütze konnte zielen); sagt nicht, Ich werde nie vergessen. Sagt nichts. Sagt nur, mit ruhiger Stimme, kurz über die steife Wolle eines Pullovers streichend, Du, der Kleine da, in die erste Reihe. Und packt, nicht grob, eine Schulter, Du, du bist groß, geh nach hinten, zwischen deine beiden Kameraden.

Gibt sich Mühe – der Fotograf –, seine Arbeit gut zu machen. Vergewissert sich, dass er die ganze Klasse im Objektiv hat. Sagt, Ein Stückchen nach rechts. Nein, jetzt nach links, nur ein bisschen. Sagt, He, ihr auf der Bank dort, rückt zusammen. Du, steig rauf. Ja du da, du siehst flink aus, wie ein Wiesel.

*Als erste Vergeltungsmaßnahme*

Flink, schnell. Rennt. Der Mann. Er der Fotograf der den Offizier fallen sah und mit der instinktiven Geste des Reporters den Apparat auf den Mann richtete, der rannte. Der um die Ecke in die Gasse einbog. Der im Schatten der Mauern verschwand. Durch die Gasse rannte. Nicht wissend, dass sein Bild gerade auf dem Film festgehalten wurde. Dass von nun an sein Leben, eines gegen fünfzig, in der Hand des Fotografen liegt.

15

Auf die Bank geklettert das Kind, das vorhin spöttisch das Knie vor der Kodak gebeugt hat. Stößt mit dem Ellbogen seinen Nachbarn an. Fragt, Hast du's gelesen, auf dem Anschlag? Na, an der Schulmauer. Meine Mutter hat heut morgen gesagt, Lies. Nein, du bist nicht zu spät dran, lies. Meine Mutter hat auch gesagt, das darf man nie vergessen.

*Wenn der Mörder nicht bis zum 26. Oktober*
*um Mitternacht ergriffen worden war,*
*werden fünfzig Geiseln hingerichtet.*

Sagt, auch wenn er noch nie 'ne Leuchte war, glaubt er nicht, dass man das so sagen kann. Nicht ergriffen worden war. Man sieht, dass die, die das geschrieben haben, aus einem andern Land kommen. Und sein Nachbar, die Augen starr geradeaus, regungslos, kaum die Lippen bewegend, Glaubst du, dass er ergriffen wird? Was soll das überhaupt heißen, ergriffen? Halt den Mund. Sonst müssen wir noch in die Ecke.

*

Sagt. Der Fotograf. Ihr in der ersten Reihe, nicht die Beine ausstrecken. Setzt hinzu (nein, nicht er, die Lehrerin), Knie zusammen und Arme verschränken.

Sagt weiter. Der Fotograf. Kinn hoch, aber keine Grimassen. In der zweiten Reihe, Arme locker hängen lassen. Ihr Kraftprotze da hinten auf der Bank, passt auf, dass ihr das Gleichgewicht nicht verliert. Du putz dir die Nase, mein Junge. Knöpf deinen Hemdkragen zu.

Die Lehrerin vor der Klasse. Sagt nicht, So ist es gut, sondern, So geht es vielleicht. Läuft dann zu dem Stuhl, und von den Jungen kein Mucks mehr.

Setzt sich. Auch sie mit zusammengepressten Knien. Steifem Oberkörper (mit dennoch unübersehbaren Rundungen). Auch sie mit erhobenem Kinn. Schaut direkt in die Kamera.

*

Schaut. Die Lehrerin. Heute morgen am Eingang der Schule, schaut regungslos auf den Anschlag.

*mit verräterisch abgegebenen Schüssen getötet haben*

*Wenn der Mörder nicht ergriffen worden war*

Schlecht gesagt. Sicher. Sogar falsch. Aber gewiss kein Gegenstand für eine Grammatikübung (die Aussage auf dem Zettel) und auch nicht für den Ethikunterricht oder Gemeinschaftskunde (das Attentat). Beschließt – die Lehrerin, als sie an diesem Morgen den Anschlag liest –, dass die Klasse wie vorgesehen den Abschnitt über die auf den Katalaunischen Feldern besiegten Barbaren aufsagen würde. Und ihn dann als Diktat schreiben würde. Ein Text mittleren Schwierigkeitsgrades. Vorbereitet. Der sich sehr gut für die Klassenarbeit eignete.

*

Unter dem Dach des Pausenhofs. Fünfzig Kinder, jetzt alle an ihren Plätzen, die angestrengt stillhalten. Fünfzig Gesichter mit verkrampftem Lächeln (Achtung, keine Grimassen). Fünfzig Kinder mit verschränkten oder hängenden Armen. In der zweiten Reihe hält ein einziger den rechten Arm angewinkelt über die Brust, recht und schlecht etwas verdeckend, das an den Pullover geheftet ist.

Er. Schon weiter. Der Fotograf. In Gedanken schon in der Zeit, wo er sehen wird. Und wissen. Nach der Arbeit in der Dunkelkammer. Den Film im Entwickler schwenken. Wässern Fixieren Trocknen. Er wird sehen. Sogar noch bevor er den Vergrößerer benutzt. Auf dem Negativ das Bild von der Klasse. Auf dem restlichen Film alte Häuser in der untergehenden Sonne. Und dann. Die Schnappschüsse von einem fliehenden Mann. Gesucht, weil er vor zwei Tagen einen Offizier der Besatzungstruppen niedergestreckt hat. Oberstleutnant H.

*Alle zweckdienlichen Informationen sind*
*zu melden bei der Polizeidienststelle*

Sagt. Bitte, noch ein Minute. Noch einmal aufrichten. Sagt. Ich mache noch eine letzte Aufnahme. Achtung. Nicht mehr bewegen.

Danke Kinder.

Tumult, sehr schnell beruhigt durch das Eingreifen der Lehrerin, die zur Ordnung mahnt.

Fréhaut Martin Lavallée Dutellier, ihr stellt die Bänke wieder an die Wand. Schnell und ohne Lärm.

\*

Vor dem Anschlag. Allein jetzt. Der Fotograf. Der den Apparat wieder in der Tasche verstaut, das Stativ zusammengeklappt, sich von der Lehrerin verabschiedet hat. Noch einem Schüler über die Schulter gestrichen hat, dem, dessen Finger krampfhaft ein sternförmiges Stück Stoff zu verdecken suchen. Beeilung, sagt die Lehrerin, in Zweierreihen, wenn das Diktat bis zum Klingeln nicht fertig ist, fällt die Pause aus.

Sagen nicht (die Kinder), Ein Mann, der *rennt,* mit einem oder zwei n? Wie schreibt man *Geiseln? Erschießen* mit ie?

*Alle zweckdienlichen Informationen sind*

Sagt nicht – der Fotograf, allein und den Anschlag betrachtend –, dass er den doch kaum gesehen hat, der auf die Gasse zugerannt ist. Nur ein Journalistenreflex. Auf dem Film verewigt. Aber gewollt hat er nie. Nein. Er hat das Klassenfoto gemacht. Das Foto von fünfzig Kindern, die ihre Kittel durcheinandergeworfen, ihre paar Münzen für die Schulmahlzeit verloren haben und jetzt an ihren Pulten am Federhalter nagen, einen verstohlenen Blick ins Heft des Nachbarn werfen, von den Katalaunischen Feldern träumen, auf denen sie Fußball spielen könnten.

Sagt nicht sagt nicht. Der Fotograf. Dass er ihre Blicke von heute morgen, ihre letzten unschuldigen Blicke, die Blicke vor der Zeit der Entscheidungen und der Ängste, dass er sie gerade ausgelöscht hat, ausgelöscht auch den Stern, ausgelöscht den fliehenden Mann, das Leben von fünfzig Geiseln, indem er mit einer hastigen, ungeschickten Bewegung das Gehäuse des Fotoapparats geöffnet hat. Das Licht eines sonnigen Oktobertages eindringen ließ.

Begrüßen Sie sie ganz unbefangen. Als ob nichts passiert wäre. Als ob Sie nicht seit langer Zeit getrennt wären. Sie ist überrascht, sie scheint erfreut. Ihre strahlenden Augen. Ihr Lächeln. Sie hat einen großen Strohhut auf ihrem Schoß.

Sagen Sie ihr, dass sie sich nicht verändert hat. Frauen schätzen diese beruhigende Feststellung. Auch wenn der, von dem sie stammt, einen Augenblick gezögert hat (Extremfall), bevor er diejenige erkennt, der seine Worte gelten. Sie wird das »nicht verändert« ohne zu zögern mit »nicht älter geworden« übersetzen.

Werden Sie anschließend ein bisschen persönlicher. Sagen Sie ihr, dass die Geste, mit der sie eine Haarsträhne um den Finger wickelt, Sie rührt. Eine Angewohnheit, die sie schon damals hatte (die Strähne ist inzwischen matt und spröde? Sie sind nicht verpflichtet, sie darauf hinzuweisen). Sagen Sie ihr, dass es eine hübsche Geste ist.

Stimmen Sie – ob Sie es aufrichtig meinen oder nicht – den Ton eines alten Freundes an, der sich über ein unerwartetes Wiedersehen freut.

Wählen Sie freundliche, unverfängliche Worte, wie schön sie wiederzusehen, Sie hatten geglaubt / man hatte Ihnen mitgeteilt, sie wäre sehr weit fortgegangen, hätte glückliche Umstände zu nutzen gewusst, eine günstige Gelegenheit beim Schopfe gefasst, jenen Traum verwirklicht, den sie Ihnen anvertraut hatte, die Flucht in eine südliche Idylle. Und sicherlich nahm sie damals an, dass Sie es gutheißen würden und zu dem Schluss kämen, auch Ihnen könnte nichts besser gefallen als die Wärme und das Licht und Tennismatchs, die nicht regelmäßig von Regenschauern unterbrochen würden. Sagen Sie ihr, dass Sie versucht hätten, sie zu erreichen, Ihre Briefe mit dem *Bitte nachsenden* seien jedoch mit dem Hinweis *Unbekannt verzogen* zurückgekommen. Und wenn Sie auch den Ort, wo sie seither lebte, nicht kannten, so stellten Sie sich doch einen Platz am Meer vor, im Schatten sich wiegender Palmen, das weiß getünchte Mauerwerk fremder Länder, mit Sicherheit nicht die schmutzigen Gassen dieser kleinen Stadt im Nordwesten, denn weder sie noch Sie selbst hätten sich jemals zu einer grauen, wilden Gegend hingezogen gefühlt, wo Winde peitschen und Unwetter toben, und nun sind Sie hier gelandet aufgrund der Ausschreibung, für die Sie glücklicherweise den Zuschlag erhalten

24

haben, begegnen ihr zufällig und erfahren, dass sie hier wohnt, im Erdgeschoss eines speziell ausgestatteten Häuschens in der Wohnanlage, die zu sanieren man Sie beauftragt hat.

Sagen Sie ihr, in Hinblick auf ihre offensichtliche Neugierde, dass Sie ein angesehener Architekt geworden sind. Vernachlässigen Sie den in Fragebögen üblichen *Familienstand*. Wecken Sie keine Erinnerung an Ihre erste Begegnung. Sie war damals Tennismeisterin. Bald liebten Sie sie leidenschaftlich. Sie betrog Sie mit ihrem Trainer, dem ein oder anderen Tennispartner und je nach Lust und Laune mit dem Leiter des städtischen Parkhauses, Studenten der Kunsthochschule, Vertretern für Warmwasser-Anlagen oder elektrische Haushaltsgeräte. Sie führte Buch über ihre Liebschaften, hielt deren Eigenarten in einem Notizbuch fest, das sie manchmal herumliegen ließ, als wolle sie Sie zum Lesen auffordern, Ihnen jede Illusion nehmen, Ihnen, der von ausschließlichem Besitz träumte. Der junge Platzwart vom Tennisclub war der Einzige, der ihren Annäherungsversuchen widerstand. Jeder wusste, dass er sich nichts aus Frauen machte. Sie bemühte sich hartnäckig, ihn umzustimmen.

Wenn sie dann von der Vergangenheit spricht, über Verleumdungen klagt, die ihre Person betreffen, denken Sie daran, dass sie diese selbst herausgefordert hat, stolz wie sie war auf ihren Ruf als männermordender Vamp. Alles, was sie sagte, war Bestandteil eines Plans, darauf angelegt, Sie auf die Probe zu stellen. Sie gefielen ihr nur in der Rolle des eifersüchtigen Liebhabers, sie wusste, dass es ihr auf dem Höhepunkt Ihres Zorns immer noch gelingen würde, Sie mit zärtlichen Worten zu besänftigen, Sie würden einen Augenblick lang protestieren, ihr grausame Machenschaften vorwerfen, sie glauben machen, Sie hätten sie ernst nehmen, sich von der kalten Wut der Verzweiflung hinreißen lassen können und wären wer weiß, wenn Sie sie mit Ihrem Mini Cooper nach Hause brächten, am Ende der Straße gegen eine Platane gerast.

Sie haben nichts dergleichen getan. Hätten Sie nicht doch. Einmal. Verlangen danach gehabt. Denken Sie nach. Ein vages Verlangen, ein unklarer Gedanke, ein schnell vorübergehender Drang, der plötzliche, sogleich wieder verworfene Wunsch, diesem Geschöpf, das lügt und betrügt, möge ein Unglück zustoßen. Eine flüchtige Idee, die man zurückweist, hat man sich auch nur einen Augenblick lang die Folgen ausgemalt: die Ruchlose auf der Stelle tot. Nein. Undenkbarer Wunsch. Noch undenkbarer, darin eine echte Versuchung zu sehen.

Sie wünschten einfach, dass auch sie einmal die Eifersucht kennen lernen sollte.

In ihrem Eifer beim Spiel war sie großartig. Genau, schnell. Mit dem Mut, ans Netz zu gehen. Rasante Schmetterbälle. Gefährliche Rückhand. Sprechen Sie nicht von Training, von Technik, von der Harmonie aus Weiß und Ockergelb. Sprechen Sie nicht von Sätzen und Tie-breaks, Sie, der Sie immer noch spielen. Immer noch mittelmäßig übrigens. Die spöttischen Kommentare aus ihrem Mund, wenn Ihre Aufschläge daneben gingen, haben Sie nicht vergessen. Antworten Sie ihr – falls sie fragt –, dass Sie Ihre Mitgliedschaft in jenem Club, in dem sie der Star war, nach wie vor aus bloßer Gewohnheit alljährlich erneuern. Aber Sie würden das Tennisspielen bald drangeben.

Geben Sie sich im Gespräch mit ihr alle Mühe, eine vollendete Höflichkeit zu wahren, eine absolute Diskretion. Wappnen Sie sich gegen möglicherweise hochkommenden Groll. Anspielungen Anklagen Vorhaltungen. Vielleicht aber werden Sie auch erstaunt sein über die anhaltend gute Laune, die sie zur Schau stellt, und es steigt in Ihnen – warum auch immer – eine seltsame Beklommenheit auf.

Fragen Sie sie nicht, ob sie allein lebt. Führen Sie sich jene Abende vor Augen, an denen sie behauptete – das schloss gemeinsame Nächte nicht aus – man sei gut beraten, sich vor unbedacht eingegangenen Verpflichtungen in Acht zu nehmen, man müsse frei bleiben und klar im Kopf. Nicht minder legte sie es darauf an, im Leben des alleinstehenden Geschäftsmannes, des Versicherungsagenten, des Wirtschaftsprüfers Unruhe zu stiften, Tag für Tag dem Phlegma des blonden jungen Mannes mit dem engelgleichen Lächeln, dem Platzwart der Tennisanlage, zu trotzen.

Sagen Sie ihr, dass sie sich sehr geschmackvoll kleidet, dass die gewählte Farbe gut zu ihrem Teint passt. Erwähnen Sie nicht jene Modenschauen, die Sie früher gemeinsam besucht haben. Gern hätte sie das ein oder andere Stück der Abendgarderobe angelegt, das mit Spitzen-Intarsien verzierte eng anliegende Kleid oder diesen weich fallenden Rock mit dem passenden Pailletten-Bolero, und es war an Ihnen zu versprechen, dass die Zeit käme, wenn erst Ihr Studium beendet wäre, da Sie ihr das schönste und teuerste Kleid schenken würden, voller Ungeduld, die beiden (sie und ihr Kleid) in jene Villa zu bringen, die Sie erbaut hätten. Für sie. Und ihr Kleid. Logische Fortsetzung der Geschichte, Sie ziehen ihr das Kleid aus, machen ihr ein Kind. Schlussfolgerung, Und sie lebten glücklich bis ans Ende ihrer Tage.

Erinnern Sie sie nicht daran, wie entschieden sie damals erklärte, sie wolle keine Kinder. Sich über Sie lustig machte, wenn Sie von Familie sprachen. Sie sagte, Blagen, die sabbern die reiern die plärren. Sie sagte, Es gibt schon zu viele Frauen, die der zum Überleben der Gattung unerlässlichen Verpflichtung zur Fortpflanzung liebend gern nachkommen. Sie dachten, dass sie irgendwann ihre Meinung ändern würde. Unterlassen Sie es, von den herzigen Aussprüchen zu berichten, die Sie an den Wochenenden ernten, manchmal auch abends, wenn Sie früh genug heimkommen, um dabei zu sein, wenn die Kleinen schlafen gehen. Reden Sie nicht von Rita, Mimi, Jeannot. Reden Sie nicht von den Blicken. Den Pirouetten und den Grimassen den Küssen den Liebkosungen. Der gruseligen Geschichte vom großen, bösen Wolf, der sich unter dem Bett versteckt, aber Papa wird ihn stellen, nur einmal drüber pusten und pah! ist er verwandelt, ein blökendes Schaf geworden. Oder ein wohlriechender Kuchen.

Wie könnten Sie es wagen zu behaupten, es sei allein ihre Schuld, dass es so gekommen ist, Sie, der Sie geschickt und kräftig sind, Ihre Gesten flink, Ihr Körper gewandt. Das war, bestehen Sie darauf, wenn sie auf ein Thema zu sprechen kommt, das Sie lieber vermieden hätten, das Ergebnis eines traurigen Zusammentreffens von Zufall und Pech. Phrasen, die wenig überzeugen. Die aber deutlich zum Ausdruck bringen werden, dass Sie entschlossen sind, sich nicht auf überflüssige Diskussionen einzulassen.

Ihr einziger Fehler ist, dass Sie, schlechter Tennisspieler, weiterhin die Aufschläge vermasseln.

Sprechen Sie nicht von jenem Garten, den Blumenbeeten, der Laube, dem Rasen, dem Rosenbogen und all den fröhlich schwatzenden Frauen, die in der Nähe des Springbrunnens ausgestreckt auf ihren Liegestühlen oder zwanglos im Gras und in der Minze lagen. Sie war die Schönste, blond und anmutig, im hellen Sonnenlicht. Es gab durchaus Sonnentage, Sommer mit Gärten voller Blumen in diesem Land, das sie trostlos fand, das sie verlassen wollte. Es gab vertrödelte Sonntage, Zeit, die für das Tennisspielen einfach verloren war.

Als Kind gingen Sie sonntagmorgens nicht zum Tennis, man schickte Sie zur Messe. Sie liebten den Geruch von Weihrauch und den leichten Kerzenrauch, wenn die Flamme mit einem Löschhütchen erstickt wurde. Für eine Stunde fingen Sie Fische in einem See in Judäa, warfen Ihren zweifarbigen Gürtel in die Tiefen jener Bank, die den

Wohltätern der Gemeinde vorbehalten war, meist vertreten durch diese eine alte Frau, die sich mit zusammengekniffenen Lippen und trotziger Stirn unter dem Schleierhut umdrehte und flüsterte, böse Jungen, die nicht still sitzen, mit einer Hand ihre Hose halten, während des Gottesdienstes Kaugummi kauen, unempfindlich dafür, was Jesus ihr Erlöser am Kreuz für sie erlitten hat, werden im Fegefeuer schmoren.

Sagen Sie ihr (ihr, nicht der verschrumpelten Nörglerin), dass Gott uns liebt und uns beschützt, selbst wenn es uns an gebührendem Respekt für diesen heiligen Ort, an dem Er sich offenbart, mangelt. Sagen Sie ihr (immer noch ihr) nicht, dass ein starker und froher Glaube ihr Kraft geben würde. So vermeiden Sie die Antwort, diese seltsame Gepflogenheit, bei Antritt einer Reise oder bei der Konfrontation mit einem neuen Gegner während eines Turniers Gott und den Himmel anzurufen, sei ihr schon immer kindisch vorgekommen.

Wenn sie Gefallen daran findet zu erzählen, dass sie früher viel Geld damit verdient habe, im Fernsehen Sportartikel anzupreisen, und manchmal beschlossen hatte zu sparen, denn Schönheit und Erfolg seien nicht gerade von Dauer und an die Zukunft zu denken wäre vernünftig, wenn sie sagt,

Vergebliche Vorsätze, ich habe gelebt wie ein Schmetterling, und sie die Zeiten heraufbeschwört, als ihr nichts zu schön und nichts zu teuer war, das Wochenende in einem Luxushotel, die erlesenen Menues in einem Vier-Sterne-Restaurant, das neue Modell eines hochpreisigen Schlägers, von Prince gerade noch rechtzeitig zu Wimbledon vorgestellt, die Maisonettewohnung in Neuilly, geben Sie ihr zur Antwort, man müsse sich den Umständen anzupassen wissen.

Wenn sie dann gar jeglichen Stolz aufgibt und ihren augenblicklichen Geldmangel eingesteht, Sie um Hilfe bitten wird, so bieten Sie ihr – nachdem Sie durchgerechnet haben, dass Sie in der Lage sind, für die Grundbedürfnisse Ihrer Familie zu sorgen (ein zweites Auto, das Ihre Frau fordert, die Privatschule für Rita, die Babysitter für Mimi und Jeannot), bieten Sie ihr in Erinnerung an Ihr früheres Glück ein kurzfristiges Darlehen zu einem vernünftigen Zinssatz an. Haben Sie Takt genug, ihr nicht vorzuwerfen, dass sie ihr Schmerzensgeld verschwendet hat.

Fahren Sie fort. Indem Sie einfach über gewöhnliche Kleinigkeiten reden. Ohne Bedauern zu äußern, ohne eine Entschuldigung vorzubringen. Versuchen Sie zu vergessen, dass Sie es waren, an jenem fernen Tag jenem verhängnisvollen Tag, der darauf bestand, sie in Ihrem Mini Cooper zu dem Termin bei ihrem Zahnarzt zu bringen. Natürlich hatten Sie sie in Verdacht, auch mit ihrem Zahnarzt ins Bett zu gehen, aber Sie haben nichts gesagt.

Sie saßen, das ist richtig, am Steuer und sie auf dem »Todessitz«. Sie ist nicht tot, werden Sie erwidern. Und dass man Ihnen nicht die Schuld gab an dem Unfall, den der betrunkene Fahrer eines Jaguars verursacht hatte, der bei Rot über die Ampel gefahren und in die rechte Seite Ihres Fahrzeugs gerast war. Nur ein Formel 1-Weltmeister – wurde gesagt – hätte überhaupt eine Chance gehabt, einem Zusammenstoß mit diesem Geschoss auszuweichen. Sie waren kein Weltmeister im Autofahren, ebenso wenig wie ein Weltmeister im Tennisspielen.

Weigern Sie sich zuzuhören, wenn sie dann auf jenen Tag zu sprechen kommt. Weigern Sie sich, jene Ruhe im Kopf auf's Spiel zu setzen, die Sie sich so hart erkämpft haben. Eine Selbstbeherrschung, die Sie heute so ungezwungen sein lässt, eine ausgeprägte Vorsicht, dass die Seite Ihres Xantia nie und nimmer von einem wild gewordenen Jaguar beschädigt werden wird.

Behalten Sie in ihrer Nähe die Ruhe. Behandeln Sie sie wie eine Freundin aus alten Zeiten, die man nicht wiederzusehen glaubte, die man gerne wiedertrifft. Kein Mitleid, seien Sie auf der Hut vor Klagen, die schnell in Rachegefühle umschlagen. Sie beobachtet Sie, sie lächelt Ihnen zu, aber ihre Stimme könnte plötzlich eine Spur von Bitterkeit, eine Spur von Ungeduld verraten.

Ermuntern Sie sie nicht, Ihnen zu erklären, wie man ihn in Bewegung setzt, ihren mit Kunstleder bezogenen Rollstuhl mit den Fußstützen, der Halterung für den Kopf und den großen Rädern mit Handläufen.

Versuchen Sie nicht herauszufinden, ob das auf die Dauer die Haut reizt, so eine Halskrause. Ob man sich daran gewöhnt, ob man sie des Nachts ablegt.

## Zwei Minuten Aufenthalt

Fahrkartenkontrolle. Monsieur, mein Papa hat. Wo ist er. Auf dem Gang vielleicht. Im Speisewagen. Auf der Toilette.

Nein, nicht auf dem Bahnsteig. *Geh nicht auf den Bahnsteig, Papa.*

Eines Tages ist Mama auf den Bahnsteig gegangen. Mama hatte einen Besuch bei Tante Lise vereinbart. Der Zug hielt in Bordeaux. Papa hatte keinen Urlaub genommen. Also waren da noch Mama und die vier anderen, Brüder und Schwestern, große und kleine. Auf dem Bahnsteig von Bordeaux hat ein Mann Mama in seine Arme geschlossen, und als die zwei Minuten Aufenthalt fast vorbei waren, hat der Mann gesagt, Verlass mich nicht. Er drückte Mama sehr fest, sie konnte sich nicht bewegen. Bestimmt sagte sie, meine Kinder meine Kinder. Der Zug ist abgefahren, die Großen schrien Oh. Die Kleinen muckten sich nicht. Man schaute sie an. Und weinte innerlich.

Der Schaffner brummte, Wohin fahrt ihr? Julien sagte, Nach Vitry-Saint-François. Eure Fahrkarten. Die sind in Mamas Tasche. Wo ist die Mama? In Bordeaux. Bahnsteig 3. Marika sagte, die Heime für verlassene Kinder wären der Horror. Angefaulte Strohsäcke, Bohnensuppe. Sie sagte, sie und Julien seien zu alt, sie würden da nicht hinkommen. Für uns aber, den Mittleren und die beiden Kleinen, wäre das die einzige Lösung. Ihrer Meinung nach. Sie und Julien würden im Lycée Montaigne verpflegt, kein Problem. Nur dass der Direktor jetzt nicht mehr Mama zu sich herbestellen würde, wenn der eine oder der andere eine Sechs bekommen hätte. Sagt euren Eltern, dass ich sie sehen möchte. Papa ist im Büro. Sagt eurer Mutter – Mama ist auf dem Bahnsteig von Bordeaux geblieben.

In den Armen eines Mannes. Der sie sehr fest drückte. Sie war gefangen sie wollte sich losmachen, aber keine Frage, er drückte zu fest. Ihr Kopf war an seine Schulter gelehnt, gerne würde man sich sagen, sie hätte ihn durch die Jacke hindurch gebissen. Man weiß genau, dass Mama nie jemanden gebissen hat noch jemals beißen wird.

*Bitte geh nicht auf den Bahnsteig, Papa.*

Die Wäsche, wie sie an der Strecke entlang in den Gärten zum Trocknen hängt, erzählt von Familienleben. Die Laken, die Kissenbezüge, die Handtücher und die Servietten. Als Mama zu Hause war, hatte jeder eine echte Serviette, nicht diese Papierfetzen von Quick, und nach dem Essen wurde sie in einen Holzring geschoben, in den ein Bild, eine Blume oder ein Tier, eingraviert war. Mama hatte die Serviettenringe auf einem Basar mit Handarbeiten von Behinderten gekauft, Mama sagte, das würde ihnen Mut machen.

Sie sagte, Handarbeit wäre gut, wäre — Sie sagte *ausgleichend*. Mama nähte zum Spaß. Den schönen Rock, den sie an jenem Tag trug, Tag des Besuchs bei Tante Lise, hatte sie selbst gemacht. Bevor sie sich auf die Bank setzte, hatte sie den Stoff hinten glatt gestrichen. Um falsche Falten zu vermeiden. Und danach hatte sie gesagt, Die Kleinen setzen sich in die Ecken ans Fenster. Marika und Julien hatten nicht widersprochen. Sie hatten sich schon auf den Gang verzogen. Man sah ihre runden Rücken, ihre Hände an der Stange, ihre unruhigen Köpfe. Man saß Mama gegenüber, sie lächelte.

Marika und Julien hätten Mama zurückhalten müssen, als sie auf den Bahnsteig von Bordeaux gegangen ist. Nein, sie konnten nicht wissen. Sie haben gedacht, sie wolle bei dem Händler auf Bahnsteig 3 für sie Kinder-Überraschung oder Pfefferminz kaufen. Marika und Julien gingen leer aus, bei dem, was Mama passieren würde. Marika hatte man tags zuvor zu einer Freundin sagen hören, Die Familie steht mir bis zur Kappe.

Nur dass Marika keine Kappe trug. Mama fände das schlechten Stil.

Die Kleinen sprachen nichts oder Unsinn. Die verstehen die Dinge nicht, sehen nicht auf den Grund. Verschließen die Augen.


Dieser Zug fährt über Bordeaux. Auch wenn man der Mittlere ist, wird man die Augen verschließen.

Papa bewegt sich nicht. Man legt die Hand auf sein Knie. Heute hat Papa seinen grauen Anzug an. Zu Hause trägt er immer Jeans. Mama sagte, Du bist aus dem Jeansalter heraus, ihm war das egal.

Geh nicht auf den Bahnsteig, Papa. Hermine ist gekommen, um Mama zu ersetzen, die in Bordeaux ausgestiegen ist. Hermine ist keine Mutter, da gibt's kein Vertun. Man spricht höflich mit ihr, wenn sie das Frühstück macht. Sie lässt die Milch überkochen und sie sagt, dass Nutella keine Vitamine enthält. Marika und Julien pfeifen darauf, sie werden im Lycée Montaigne verpflegt. Auch kein Nutella im Montaigne, aber wenn sie am Wochenende nach Hause kommen, erzählen sie von einer

Menge Streichen und prahlen mit ihrem herrlichen Leben. Besser ihre Lügen ertragen, als sie flennen sehen. Die Kleinen schmusen nach dem abendlichen Bad mit Hermine.

Eines Tages holt sich Mama ihre Kleinen zurück. Sie wohnt mit dem Mann von Bahnsteig 3 zusammen, die Kleinen können in einem Bett schlafen, das wird ihnen gefallen. In Bordeaux gibt es gute Schulen für sie. Sie wird sie in den Ferien zu Papa schicken.

Die Großen sind also im Montaigne, die Kleinen in Bordeaux. Man ist der Mittlere, einer kinderreichen Familie (SNCF-Pass), allein bei Papa verblieben, sein einziger Sohn nun, mit dem Papa – versprochen – einmal im Monat zum Doktor gehen wird, Mama hat das immer getan. Papa geht viel auf Reisen. Wegen seiner Arbeit. Jedes Mal, wenn er in den Zug steigt, spricht man dasselbe Stoßgebet, Mein Gott, dass er nicht auf den Bahnsteig geht. Nirgends.

Wenn man an jenem Tag Mamas einziger Sohn gewesen wäre, wäre man ihr auf den Bahnsteig gefolgt. Dieser Typ, der sie in seinen Armen hielt, den hätte man gehauen, gekniffen, den hätte man mit Fratzen erschreckt. Aber Mama hatte gesagt, Ich komme in einer Minute zurück, pass auf die Kleinen auf. Man hat auf sie aufgepasst, eine Minute lang und dann zwei, die zwei Minuten Aufenthalt. Der Doktor hatte erklärt, als man in der Klinik war und die Entscheidung anstand, ob man in eine besondere Schule geschickt werden sollte, dass es, um SOLCH ein Kind in seiner Entwicklung zu unterstützen, das Beste wäre, ihm verantwortungsvolle Aufgaben anzuvertrauen. Er sprach nicht laut, aber man hat trotzdem verstanden. Es ist lange her, als er festgestellt hat, dass man SOLCH ein Kind ist. Man war also nicht einmal stolz oder glücklich, als Mama sagte, pass auf die Kleinen auf. Es war nur eine Medizin, wie die Tabletten und das Glas Wasser.

Tabletten helfen ja vielleicht. Um auf Papa aufzupassen. Nicht die Bohne kennt sich da der Herr Doktor aus mit seinen idiotischen Geschichten von verantwortlichen Aufgaben, um solche Kinder gesund zu machen, manche werden gesund manche zerbrechen.

Leicht schwachsinnig. Das ist Marikas Idee. Oder vielmehr Juliens, der schwachsinnig vorschlug, worauf Marika sagte, ja, aber leicht, sie hat es gesagt und wiedergesagt, indem sie hinzufügte, Kümmer dich nicht drum. Sie hatte Schiss, man könnte Papa bitten, es zu erklären. Papa bittet man fast nichts, er ist zu beschäftigt. Man begnügt sich damit, ihn davon abzuhalten an irgendeinem Bahnhof auszusteigen. Wenn Papa den Zug nimmt. Wenn man mit ihm unterwegs ist, weil Hermine auf ihrem Wochenende besteht. Solche Kinder allein zu Haus, wer weiß, was da alles passieren kann. Eben darum hat Papa gesagt, man solle den ganzen Sommer zu Tante Lise, sie hatte angerufen, man hatte den Hörer im Zimmer nebenan abgenommen, hörte sie schreien, dass ihre Schwester es übertreibe, Armer Junge, sagte sie. Schick ihn für die Ferien. Mit seinen Medikamenten, die ihn beruhigen, wenn er sich aufregt. Medikamente hat man keine, aber verantwortliche Aufgaben. Das ist die richtige Behandlung, der Doktor hat es wieder gesagt. Bei der Rückkehr von der Untersuchung in der Klinik hat Papa Hermine zugerufen, Alles o.k. mit dem Kleinen (mit dem Mittleren hätte er sagen müssen). Nur dass man ein bisschen dick ist und Hermine daher das Nutella zum Frühstück abgeschafft hat.

Natürlich nicht, Hermine hasst man nicht, sie tut ihr Bestes. Sie hat die Tasche für die Zeit bei Tante Lise gepackt. Die Shorts und die T-Shirts schön gefaltet. Auch Tante Lise hasst man nicht. Der Mann von Bordeaux ist an allem Schuld.

Auf dem Platz von Papa gegenüber (man hat sich in Fahrtrichtung in die Ecke ans Fenster gesetzt) gibt es noch einen Reisenden, der bestimmt auch Vater ist. Seine Kinder sind bei der Mutter, wahrscheinlich. Bald kommt Bordeaux. Papa und der Mann sprechen über die Dinge des Lebens. Der Mann hat gesagt, Was hat der Kleine. (Man ist der Mittlere.) Und wieder, Was hat. Papa sagt, Oh gar nichts.

Man hat die wechselnden Blicke aus den Augenwinkeln vernommen. Hat versucht, sich nicht durch die Hose am Schniedel zu kratzen, sich nicht hundert Mal am rechten Ohr zu rupfen, das bald länger wäre als das linke, nicht ständig die selbe Platte abspielen zu lassen. Alles was darauf hindeutet, dass man SOLCH ein Kind ist. Auf einmal hat Papa gesagt, Gehen wir in den Speisewagen ein Bier trinken. Der andere hat gesagt, Und der Junge? Papa hat gesagt, Er ist groß und vernünftig. (Man ist der Mittlere und verantwortlich.) Papa hat gesagt, Wirst du vernünftig sein? Ich bringe dir eine Pepsi mit.

Sie kommen nicht zurück. Sie werden nicht zurückkommen. Wenn der Kontrolleur kontrollieren kommt, wird man sie nicht suchen gehen. Der Doktor behauptet, man müsse keine Angst mehr haben. Sich nicht mehr sagen, dass Papa eines Tages. Man hat Angst, denn man ist schwachsinnig (leicht hat Marika gesagt). Auch die Reise ist schwachsinnig. Man wird nicht weiterfahren man wird aussteigen. Am nächsten Halt. In Bordeaux. Man hat Hunger man hat Durst und ist sehr müde.

Am Boden – also auf dem Bahnsteig – wird man mit etwas Glück Leute sehen, die jeden Tag an solche Kinder Brot und Pepsi verteilen. Man muss nur auf sie warten, ruhig und traurig und verantwortlich, auf der Bank an Bahnsteig 3.

# SARAH

Es donnert, der Himmel reißt auf und da müsste die Heilige Jungfrau erscheinen, mit blauem Gewand, weißem Schleier, goldener Krone. Und wir, ihre Kinder, stimmten »Maria unsere Mutter erhöre uns« an. Oder wir würden stumm vor Staunen, erstarrt vor Liebe auf die Knie sinken. Inbrünstige Anbetung, die die Angst bannen würde. Alle wären versammelt, der Generaldirektor der Kunststofffabrik samt seiner Angestellten bis hin zum Laufburschen, die Kellner aus dem Restaurant Cheng, Kantonesische Küche, die Verkäuferin der Spezialitäten aus der Auvergne, Rue des Gravilliers, schräg gegenüber der Bäckerei-Konditorei, wo die Croissants ausgezeichnet sind (gar nicht so teuer und garantiert mit Charente-Butter), der etwas merkwürdige Typ von dem Transportunternehmen, diese Spießer aus dem Mietshaus Rue des Vertus Nummer neun, die Rentner des Viertels, die sich jeden Tag in der Lutèce-Bar ihr Glas Weißwein genehmigen. Die Heilige Jungfrau müsste sich im Süden der Rue Beaubourg zeigen, so wären im Hintergrund die Türme von Notre-Dame zu sehen. Schäfchenwolken (einige sähen darin der Engel Lockenschopf) würden das blau-grün-rote Röhrengeflecht des Centre Pompidou einhüllen. Wellen von Sanftmut und Zärtlichkeit würden sich die ganze Rue Rambuteau hinab bis auf den Platz ergießen. Die Glasfresser und die Breakdancer würden in ihren Faxen innehalten um auszurufen, Gegrüßet seist du Maria. Und das zerstampfte Glasfresserglas würde sich in himmlisches Manna verwandeln. Die Musikanten würden ihrer Klampfe so sanfte Weisen entlocken, dass ein Punk in Nietenjacke unvermittelt zum verzückten Hippie würde. Darum bitte ich Gott. Um ein Wunder. Er hat uns seinen Sohn gesandt, heißt es. Nun, dann soll er mir auch seine Mutter senden. Wenn er das für mich tut, dann glaube ich an ihn. Ziehe hinaus in die Welt und verkünde die frohe Botschaft, auch wenn ich aus dem Vagabundenalter heraus bin. Zumindest werde ich jeden Morgen um sieben zur Messe gehen.

In Saint-Nicolas-des-Champs. Weil das die Kirche meines Viertels ist. Und weil das die Kirche ist, an der vor einem halben Jahrhundert ein Neugeborenes abgelegt wurde, an dessen Windeln als einzige Wegzehrung ein Stück Papier gesteckt war, auf dem in steifen Großbuchstaben geschrieben stand FERTREGT MILLCH NICH UN SO. Nich un so, meine Mutter war nämlich kaum zur Schule gegangen, aber als man mir das später erzählt hat – ich war um die sieben oder acht Jahre alt und hatte keine Ahnung von Kleinkindernährung – hab' ich es schon für mich verstanden, und von Stund an habe ich das UN SO bei meiner Pflegemutter nicht mehr vertragen, die Kitschbilder an den Wänden, den Kapuzenumhang, den sie mir für die Schule aufzwang, und auch den Herpes, der jedes Frühjahr im Winkel ihrer Lippen spross. Ich hatte für meine von der Fürsorge gestellte Mutter nie viel übrig, sie im übrigen auch nicht für mich, obwohl sie beteuerte, wenn es ihr nur um den Zaster gegangen wäre, als sie mich ins Haus holte (Rue de Montmorency erster Stock Hofseite, unten ein Glasdach, über das ich einmal gelaufen bin wie man auf einem gefrorenen Teich läuft, nur die Eisschicht war zu dünn, und ich bin mit ein paar Schrammen und zwei Ohrfeigen weiß Gott glimpflich davongekommen), dann hätte sie es sehr schnell drangegeben, denn die Fürsorge zahle schlecht. Hat sie gesagt.

Ich bin dort groß geworden, habe Milch und so nicht vertragen; mit der Milch hat man mich in Ruhe gelassen, aber was UN SO angeht, das war komplizierter, letztlich eine ganz subjektive Angelegenheit, was schön ist und was hässlich, nicht so eindeutig zuzuordnen wie schwarz und weiß, darüber ist mir beim Brillenmachen ein Licht aufgegangen (mit echtem Horn, man schneidet aus dem Schildkrötenpanzer Stücke heraus, nein, nicht von lebendigen Schildkröten, wie grausam, das hätte ich nicht gekonnt – den einen gefielen sie, meine Gestelle, den anderen eben nicht, manche fanden sie auch ganz gewöhnlich oder sogar schlichtweg hässlich). Aber kommen wir an des Pudels Kern, das heißt zu den Gänsen. Ich habe nämlich noch nicht von den Gänsen erzählt. Was ich bereits vor den Brillen sagen wollte, und das führt geradewegs zu den Gänsen, ist, dass ich '40 aus Nicolas-des-Champs fort bin, als alle oder fast alle sich auf die Socken machten. Die Flucht verschlug mich auf einen Bauernhof, wo Gänse gezüchtet wurden. Oder besser, auf einen Hof, wo Gänselebern gezüchtet wurden. Die Gänse, die zählten nicht, die existierten gerade einmal und waren nichts weiter als die Hülle für eine im Werden begriffene Gänseleber. Eine Gänseleber, die watschelt und schnattert. Sicher, man redet von einer dummen Gans, allerdings, wie könnte eine Gans, die gestopft wird, auch klug sein. Man muss sich doch fragen, ob selbst Einstein, wenn man ihm mit Gewalt Brei aus überbrühtem Mais eingetrichtert hätte, sein Genie hätte entwickeln können.

Das bringt mich ab von dem erhofften Wunder. Doch wäre es Gott bestimmt nicht wohlgefällig, wenn ich darauf beharre. Ich kann ihm ja schlecht drohen, Wenn du mir nicht augenblicklich deine Heilige Mutter schickst, sollst du es bereuen. Ein Gott, der bereut, das fehlte noch. Herr im Himmel, wenn du mir meine kleine Erscheinung versagst, dann scheiß' ich drauf auf deine Welt. Eine Welt, wo man Gänse mit Trichter und Stößel stopft. Das erlaubst du. Eine Welt, in der man überall lustig vor sich hin schlachtet. Man schlachtet Viecher, man schlachtet Menschen. Man schlachtet sich gegenseitig ab. Allmächtiger Gott, so sieht es aus in deiner Welt. Gut, ich höre schon auf. Man sollte sich in Acht nehmen und es sich mit Gott nicht verscherzen. Bei dem Zorn, den Gottvater in der Bibel an den Tag legt, verflixte Geschichte. Sodom und Gomorra in Schutt und Asche, Lots Weib zu einer Salzsäure erstarrt, weil sie den Kopf gewendet hatte (wenn man von dort flieht, wo man immer gelebt hat, muss es einen geradezu jucken, sich ein letztes Mal umzudrehen), der unglückliche Moses, dem es versagt blieb über den Jordan zu ziehen, weil er am Wasser der Zwietracht gehadert hatte, so dass schließlich nicht er es war, der sein Volk in das Land Kanaan führte. Nach vierzig Jahren des Umherirrens nahmen die Kinder Israels endlich ihr Land in Besitz. Was hat ihnen das nun eingebracht. Das auserwählte Volk ist zu dem Volk geworden, das Jesus Christus gekreuzigt hat, und auch heutzutage weiß man nicht, wie der Hase läuft.

Hasen, Schildkröten, Federvieh. Die Unschuldigen von Bethlehem, niedergemacht von Herodes' Soldaten, ohne dass Gott auch nur den kleinen Finger gehoben hätte. Wäre Gott auch nur einen Funken wachsamer gewesen, dann lebte sie zweifellos in aller Ruhe in diesem gottverlassenen Nest, diese Sarah, und stopfte Gänse. Sie müsste heute so um die fünfundfünfzig sein; seit dreißig Jahren wäre sie mit einem Bauern aus der Gegend verheiratet, und ihre Töchter würden gleichfalls Gänse stopfen. Dieses Gänsestopfen ist nicht viel anders geworden, wahrscheinlich. Nur noch ein bisschen grausamer, dank der modernen Apparaturen; das neuste Modell ist eine Acht-Gang-Stopfmaschine, mit der man seine hundert Gänse in der Stunde schafft, während im Handbetrieb das Maximum bei dreißig liegt. Das Prinzip ist das alte: der Trichter und dazu der Mais, der in den Schlund gestopft wird. Aufgrund des technischen Fortschritts muss die Bäuerin (das machen nämlich die Weiber, die Schlampen) nicht mehr an einer Kurbel drehen, sie begnügt sich damit, den Maispfropfen geschickt bis an den Kropf der Gänse zu massieren. Das verlangt schon Fingerspitzengefühl und Raffinesse. Sie massiert kraftvoll und sanft, ungestüm und zärtlich, sie kriegt davon ein nasses Höschen, und sie nimmt dazu nun zwei Hände, denn der Stößel funktioniert jetzt elektrisch.

Neuerdings, so sagt man, wird mehr und mehr die Selbststopfmethode befürwortet, die Gänse werden operiert, man schneidet ihnen irgendwas am Zwischenhirn heraus, dadurch werden sie derart gefräßig, dass sie sich ihren Wanst ohne jeden äußeren Zwang voll schlagen. Treffliche Ökonomie der Zeit, des Geldes also, aber für die Betriebe, die die patentierten Mästapparaturen des Typs Sgdg herstellen, wäre das das Ende.

Sarah. Die schöne Sarah, genannt Henriette, stopfte Gänse. Sie band ein Kopftuch um ihr volles Haar, das ihr bis zum Gürtel reichte, wenn sie ihren Knoten löste. Ein Knoten der eigentlich kein Knoten war; eher eine Korkenzieherfontäne aus weichen Locken, die ein Kamm und ein paar Haarnadeln nur mit Mühe zusammenhielten. Henriette. Bei den Bauersleuten hieß sie Henriette.

Aber zu Anfang, vor dem Ganzen, war ich bei dieser Pflegemutter von der Fürsorge, in Paris Rue de Montmorency Nr. 3 (die Rue Chapon ist gleich um die Ecke, das schon einmal für später). Im Juni '40 war es elf Jahre her, dass mich meine Mutter in der Marienkapelle von Saint-Nicolas-des-Champs lie-gengelassen hatte. Es war vielleicht zu guter Letzt nicht einmal meine Mutter, die mich dort abgelegt hat. Das war vielleicht eine Frau in Kindsnöten, wie die Zeitungen sagen würden, die mich meiner Mut-ter geraubt hatte und es mit der Angst bekam, als sie merkte, dass die Polizei sich einmischt und nach einem Balg, der doch eher lästig war, herum-schnüffelt, und die sich dann meiner in der nächst-besten Kirche entledigt hat; und meine Mutter ist, oh Jammer, in der Zwischenzeit vor Gram gestor-ben. Lassen wir das. Juni '40 habe ich gesagt. Un-ser ganzes Viertel war kopflos. Die Deutschen mar-schierten im Eiltempo auf Paris zu. Zu warten bis sie kämen, stand außer Frage, da wäre man mitten ins Schlachtengewimmel geraten. Wenn Paris den Deutschen in die Hände fiele, dann würden sie mit allen kurzen Prozess machen. Von der Gare d'Austerlitz fuhren noch ein paar Züge ab. Meine Pflegemutter und ich, wir stiefelten mit einem Hau-fen Gepäck auf dem Buckel bis zur Metro-Station

République. Ich war elf, und ich war ziemlich kräftig für mein Alter, hatte aber trotzdem Mühe, den mit bestickter Bettwäsche vollgestopften Sack zu schleppen, den meine Pflegemutter partout nicht zurücklassen wollte, Bettwäsche aus reinem Leinen von ihrer Aussteuer (der Sack mit der gut gefalteten nie benutzten Leinenbettwäsche sollte schließlich im Graben zwischen Vendôme und Château-Renault enden). Auf dem Boulevard du Temple gerieten wir in ein Gewühl. Da begriffen wir, nicht nur unser Viertel, sondern ganz Paris war unterwegs. Am Bahnhof stand nur ein einziger Zug auf den Gleisen, die Lok dampfte, man wusste nicht genau, wohin er fahren würde, auf alle Fälle in Richtung Bordeaux. Wir sind eingestiegen. Eine Menge Leute taten dasselbe, andere meinten, sie wollten auf den nächsten Zug warten, das wäre ein Schnellzug, so stände es auf dem Fahrplan. Aber die SNCF scherte sich zu der Zeit einen Dreck um Fahrpläne. Der Zug fuhr erst am späten Nachmittag los, kroch dahin und blieb immer wieder stehen, als ob der Lokführer alle halbe Stunde ein Schläfchen einlegte. Wir wussten nicht, was passierte, und wagten auch nicht, danach zu fragen. In unserem Abteil weinte eine Frau, eine andere fragte sie, Was ist denn los, bekam aber keine Antwort. Da an keinem Bahnhof mehr gehalten wurde, war es nicht enger als bei der Abfahrt, das heißt, nicht all zu sehr, doch der Zug war gut gefüllt, ohne Frage, die Leute lagerten in den Gängen. Ein paar haben ihre Karten herausgeholt. Sie haben ein bisschen gespielt. Bis zum Abend. Wir sprachen nur leise. Einige haben gesungen, aber eigentlich war einem gar nicht danach. Wir versuchten zu schlafen, jemand hatte einen Albtraum und schrie, Es fliegt in die Luft. Es ist nicht in die Luft geflogen. Als der Zug tatsächlich nicht mehr weiterkonnte – und dieses Mal ging ein Mann in blauen Arbeitshosen die ganzen Waggons ab und gab bekannt, dass eine Achse gebrochen war – haben wir unseren Weg zu Fuß fortgesetzt. Meine Pflegemutter und ich und noch andere. Wir waren auf freiem Feld. So um fünf Uhr früh. Hier und da ein paar Kühe, die noch nicht von den MGs niedergemäht waren (das würde noch kommen), und auf einem Bauernhof konnten wir ein Glas warmer Milch trinken, frisch aus dem Euter; ich, der MILLCH UN SO nicht verträgt, habe sie vertragen.

In diesem Augenblick muss Sarah auf dem Hof bei den Duroux' gerade dabei gewesen sein, sich ihre Söckchen überzustreifen und den Gürtel ihres karierten Kittels zu binden. Und bevor sie die

Gänse stopfen ging, tunkte sie eine dicke Scheibe Brot in ihre Tasse mit dünnem Kaffee.

Als ich sie zum erstenmal sah, diese Sarah (Henriette), hatte sie keine Gans zwischen ihre Schenkel geklemmt. Sie stand vor dem Tisch in der Bauernstube und schüttete in einen großen Waschzuber aus einem Jutesack den Mais, der im Sonnenlicht wie Perlen herabrieselte. Sie hielt den Kopf etwas geneigt und ihr Haar rieselte gleichfalls herab, über ihre Schläfen, über ihre Schultern, über ihren Hals. Schwarz und glänzend. Ich war zwar noch ein Junge, doch ich fand sie hübsch. Ich, der Milch UN SO nicht vertrug. Erst später bekam ich mit, dass sie ein Folterweib war.

Später, das heißt am nächsten Morgen beim Gänsestopfen. Im Schuppen ein ganzes Bataillon von hingeschlachteten Gänsen mit dem Hals an Haken aufgehängt, der Bauch aufgeschlitzt. Und auf weißen Tüchern die Lebern.

*Sobald der Gans die Leber entnommen ist, lege man diese in einen Trog mit frischem Wasser, in dem sie nicht länger als zehn Minuten verbleiben sollte. Danach ist sie mit einem sauberen Tuch abzutrocknen.* Riesendinger sind das, siebenmal größer als normale, verkündete die Bauersfrau voller Entzücken. Und sagte, Nimm schon Henriette, du hast's dir ehrlich verdient meine Kleine, reichte ihr ein Geldstück, und Henriette steckte es geschwind in ihre Schürzentasche.

Aber ich war bei dem Glas Milch auf dem Bauernhof im Loir-et-Cher; als wir nämlich zur Route Nationale kamen, wendete sich das Blatt zum Schlechten. Wir stießen auf die Kreuzung, meine Pflegemutter und ich, und gerieten mit einem Mal in ein schubsendes Gedränge, die Leute waren zu Fuß unterwegs, auf dem Fahrrad mit dem Kinderwagen mit Autos mit Karren. Alles zog in Richtung Süden, mit einem Mordsgepäck, das auf Rädern oder auf dem Rücken von Männern oder in der Hand von Männern, Frauen und Kindern fortbewegt wurde, Kisten Kästen Koffer, Matratzen Nachttische Standuhren, Vogelkäfige Bündel Körbe und in den Körben Säuglinge – darüber ein Flugzeug, das sich im Sturzflug nähert, etwas fallen lässt, das man nicht sieht, man hört nur Schreie und dann sieht man — Und der Typ mit dem Albtraum hatte also doch recht, als er schrie, es fliegt in die Luft. Denn es fliegt in die Luft und kommt blutbespritzt wieder herunter.

Ich mag nicht daran denken. Wir haben uns wieder aufgemacht, wir beide, an jenem ersten Tag mit Blut. Weil ich mal musste, hat mich meine

Pflegemutter für einen Augenblick in den Graben geschickt. Als ich zurückkam, mir noch die Hose zuknöpfte, schwatzte sie mit einem Mann, nicht mehr ganz jung, aber doch gut gebaut und sympathisch, der ein kleines Motorrad hatte, und siehe da, sie sagte zu mir, Hör mal, der will mich mitnehmen. (Muss also eine schöne Frau gewesen sein, meine Pflegemutter, ich hatte es nur nie bemerkt.) Sie sagte noch, Hör mal, mit meinem kaputten Knie, wo ich doch die Treppe runtergefallen bin, da kann ich nicht mehr laufen, aber deine Beine sind noch prima, ich warte in Tours auf dich. Auf dem Grenzstein hatte ich gelesen *Tours 30 km.* Ich war wie vor den Kopf geschlagen. So eine Lüge, vonwegen die Treppe runtergefallen. Ich war elf (auch wenn ich wie dreizehn oder vierzehn aussah), und in diesem ganzen Tohuwabohu bezahlte die Fürsorge nichts mehr, aber das war doch noch lange kein Grund.

Bei den Duroux' war ich nicht für die Gänse zuständig. Ich arbeitete mit dem Chef, mit Armand Duroux, und ich musste den Mist wenden oder ausbreiten, entfalten, wie er sagte. Den Gänsen hatte ich lediglich frische Brennnesseln zu besorgen. Gänse fressen die gern. Man gibt sie ihnen gehackt, da sind viele Vitamine drin. Nur völlig gesunde

Tiere dürfen der Stopfmast unterzogen werden (laut Handbuch für den Landwirt). Die Gänse werden nämlich ganz schön verwöhnt. Erst wenn sie endlich ihr Gewicht draufhaben, kann die Marter losgehen.

*Stopfmast: In regelmäßigen Abständen vornehmen. Zu Anfang zweimal pro Tag, ab dem vierten Tag dreimal: morgens, mittags und abends. Für die Stopfmast sind durchschnittlich dreißig Tage zu kalkulieren.*

*Ab dem fünften Tag: Verabreichung von täglich 1 kg bestem trockenen Mais pro Tier. Während der zweiten Woche: Übergang zu 1,4 kg.*

*Im Laufe der Mastwochen sind dem Tier 25 kg Mais zuzuführen.*

*Frisches Wasser nach Belieben. Ständig erneuern. Jedem Liter Wasser ist ein Löffel Bikarbonat zuzufügen.*

Bikarbonat, damit sie nicht losreihern. Die Gänse. Das kann ihnen schon passieren, den armen Gänsen, dass sie diesen verdammten Mais wieder rauswürgen; dann ist alles im Eimer. Dieses Geschäft verlangt Umsicht und Geschick. Präzisionsarbeit vom Feinsten.

Eine Schande.

Die Duroux' haben mich behalten, weil ihr Sohn in den Krieg musste. Irgendwo in Bayern war er vier Jahre lang in Gefangenschaft. Auf dem Hof fehlten kräftige Hände. Für mein Alter konnte ich schon tüchtig anpacken, meine Pflegemutter hatte mich frühzeitig daran gewöhnt, den Müll runterschaffen, Kohlen hochholen, die Einkäufe erledigen. Von der Arbeit bei den Duroux' bekam ich bald Blasen an den Händen und Schwielen an den Fußsohlen, aber das Landleben gefiel mir.

Später, sehr viel später, habe ich Brillengestelle angefertigt. Und das Polieren der Schildpattstücke erinnerte mich seltsamerweise an die Gänse. Obwohl, Schildkröten sind keine Schindkröten. Es mag den Anschein haben, als spielte ich mit den Worten, aber ich stelle das lediglich fest, um mir Trost zuzusprechen. Schildkröten sind keine Schindkröten, man schindet sie nicht zu Tode, sie werden offenbar human getötet. Selbst wenn das Humane, bei jener Angelegenheit damals —

Gebrauch des handbetriebenen Stopfmastapparats: *Er besteht aus einem länglichen Trichter mit eingebauter Endlosschraube und wird mittels Kurbel in Gang gesetzt. Den Trichter mit nicht zu weich gekochtem, lauwarmen Mais füllen (der Mais muss noch kör-*

*nig sein). Betätigung der Kurbel in Intervallen von drei*
*Umdrehungen pro Minute. Unterstützung des Schluck-*
*vorgangs durch Streichbewegungen von oben nach*
*unten entlang des gesamten Halsabschnitts. Achtung!*
*Stopfvorgang bei vollem Schlund nicht weiterführen,*
*sonst besteht die Gefahr, dass er platzt.*

Zu Sarah (Henriette) sagte ich, Macht dir das überhaupt nichts aus, die armen Viecher so zu quälen?
Sie antwortete, sie hätte keine Wahl, sie wüsste
sonst nicht wohin. Kein Dach über dem Kopf, kein
Geld. Sie sagte, Wenn deine Eltern auch tot wären,
dann würdest du's begreifen. Weil ich ihr nämlich,
Sarah-Henriette, als Madame Duroux nicht in
Sichtweite war, erzählt hatte, dass mein Vater und
meine Mutter eines Tages kommen würden und
Kost und Logis für mich bezahlen. Henriette gab
sich Mühe so zu tun, als ob sie es glaubte.

Abgesehen von der Sache mit den Gänsen haben wir uns nicht einmal schlecht verstanden. Sie
sagte zwar laufend, mach dies, mach das, aber sie
war keine Nervensäge. Sie hat meine Kleider in
Ordnung gehalten. Im Großen und Ganzen; jedenfalls hat sie dafür gesorgt, dass sie mir nicht vom
Leib fielen. Als Gegenleistung bürstete ich ihr stundenlang das Haar; ich übertreibe, nicht stunden-

lang, aber an die zehn Minuten jeden Morgen und abends wieder, das gefiel ihr. Auch mir gefiel das, manchmal sollte ich ihr noch die Zehennägel schneiden. Sie hatte wirklich schöne Füße; die Holzpantinen konnten ihnen nichts anhaben.

Als wir beide am Tisch saßen, um unsere Kürbissuppe zu essen (was für ein Glück, diese Kürbisse, ein wahres Freudenfest, der ganze Gemüsegarten war voll davon, man brauchte sie nicht einmal zu düngen, und Madame Duroux versicherte, für mein Wachstum gäbe es nichts Besseres), sagte ich mir, Ein Glück, dass ich nicht allein bin bei den Duroux', das würde mich mächtig anstinken, ein Glück, dass es Henriette gibt. Und dann dachte ich an die Gänse, und wegen der Gänse konnte ich kaum mit ihr sprechen, mit Henriette, sie hat sie nämlich nicht nur gestopft, die Gänse, sie hat ihnen dazu Kosenamen gegeben, mein Täubchen, mein Hühnchen und so was wie »main Eisele«, und tätschelte ihnen zärtlich den Hals, aber davon sollten nur die extra glitschigen Körner besser rutschen. Und enden sollte das mit dem Zwanzig-Sous-Stück, das Madame Duroux in Henriettes tüchtige Hand gleiten lassen würde. Sag mal, Henriette, was willst du denn damit machen? Dafür will ich mir Wäsche kaufen. Nach dem Krieg. Und ich dachte

61

an die bestickte Bettwäsche, die vielleicht noch im Graben lag, versteckt unter einem Brombeerstrauch neben einem Kilometerstein im Departement Loir-et-Cher, die Leinenbettwäsche meiner Pflegemutter, die gesagt hatte, sie würde in Tours vor dem Rathaus auf mich warten, und die wartete dort tatsächlich auf mich, aber mit einem Loch im Kopf, und der Kerl mit dem Motorrad wartete bis in alle Ewigkeit mit ihr, und ein Rad von seiner Klappermühle steckte ihm dabei im Bauch. Und genau deshalb hat sich ein Mann in Uniform, der in einem Luxusschlitten gen Süden fuhr, meiner erbarmt, er sagte zu mir, Da kannst du nichts mehr machen, für deine Eltern, mein Kleiner, komm, ich nehm' dich mit bis Périgueux, und er gab mir ein Stück Brot und eine Schachtel *La-vache-qui-rit,* und auf der Schachtel war die berühmte Kuh, die sich vor Lachen ausschüttet, und an jedem Ohr hing eine weitere Schachtel, auf der sich wieder eine Kuh vor Lachen ausschüttet, und so weiter und so fort, Kühe über Kühe, die wie gerufen kamen, mir den Kohldampf zu stillen, der mich angefallen hatte – den ganzen Weg hatte ich zu Fuß gemacht, ohne anderen Treibstoff als das Glas Milch in der Frühe auf dem Bauernhof mit den Kühen, kurz vor der Kreuzung an der Route Nationale.

Das Schlimmste für die Gänse kommt zum Schluss; wenn sie nicht mehr können, weil sie so fett geworden sind und eine aufgedunsene monströse Leber mit sich herumschleppen. Man darf den richtigen Augenblick, in dem man mit dem Stopfen aufhören muss, nicht verpassen, meint Henriette, sonst patscht die Leber zusammen. Das hatte sie in dem Buch gelesen, und jetzt quatschte sie davon, als ob sie selbst es herausgefunden hätte und als ob es darauf ankäme, mir das zu erklären. Ich hielt mir die Ohren zu; sie schrie, dass es natürlich sehr leicht wäre auf empfindlich zu machen, wenn man noch Eltern hätte, die kommen würden und die Geld hätten. Madame Duroux schlich vorbei, ich war beleidigt, dass Sarah das nicht für sich behalten hatte, und als die Duroux' mich danach gefragt haben, musste ich zugeben, dass das die reine Erfindung war und ich gar keine Eltern hatte. Den Duroux' war es piepegal, ich rackerte und verdiente damit meine Kürbissuppe.

Es war der Tag meines achtzehnten Geburtstags, dass ich entschied, dieses Nest zu verlassen, dessen Namen ich gar nicht mehr wissen will, sagen wir Ganslebersdorf. Es überkam mich urplötzlich, und im selben Atemzug habe ich begriffen, dass ich das schon lange wollte. Ich bin nach Paris zurückgekehrt. Über eine Anzeige im France-Soir habe ich eine Arbeit als Brillenmacher gefunden und fertigte Horngestelle an. Ich bin in der Rue Chapon (Kapaunenstraße – das Federvieh verfolgt mich) untergekommen, einer Parallelstraße zu jener, wo früher meine Pflegemutter gewohnt hat und noch näher bei der Stelle, die meine Mutter – oder jemand anderer – ausgesucht hatte, um mich der Wohlfahrt zu treuen Händen zu übergeben. Rue Chapon Nr. 48, ein Haus mit kleinem Hinterhof, da wohne ich noch immer. Manchmal des Samstagnachmittags bin ich die Geschäfte entlanggeschlendert, in denen man Luxusfraß verkaufte, Hédiard zum Beispiel oder Fauchon. Ich suchte in den Regalen nach den Gläsern mit der Durouxschen Gänseleber, fand aber keine, die Duroux' hatten an ihre Gläser Etiketten geklebt, auf denen munter eine Gans, die ihren Hals zum Triumphgeschnatter gen Himmel reckt, einherstolzierte. Und blutrot stand daneben geschrieben: *Hof Duroux, in —.* Ich sagte mir, sie würden so schnell nicht wieder eine Gänsestopferin vom Format einer Sarah finden. Pardon, einer Henriette. Dieses fast mütterliche Gehabe habe ich gehasst, wenn sie eine Gans unter ihre Fuchtel nahm, und ihren befriedigten Tonfall, in dem sie verkündete, Ja, meine Kleine, noch drei Tage, wenn das arme Viech den Schlund gerade bis zum Platzen vollgestopft bekommen hatte.

Die in Périgueux stationierten Deutschen waren schließlich auch bis zum Hof vorgedrungen. Die Gänseleber hatte sie angezogen. Den Oberleutnant sah man häufig. Madame Duroux sagte, Du lässt dich nicht blicken, Henriette. Zunächst glaubte ich, das wäre, damit er sich nicht an sie ranmacht, an Henriette, sie war inzwischen verdammt fesch, das hatte ich mitbekommen, auch wenn ich erst dreizehn war und sie mich wie ein Wickelkind behandelte.

Sie haben sie immer Henriette gerufen. Ich hatte ganz vergessen, dass sie eigentlich Sarah hieß. Das ist mir an dem Tag wieder eingefallen, als sie sagte, ich solle ihr beim Gänseschlachten helfen. Sarah, das muss dasselbe sein wie Sara oder Sarai, zwei Wörter aus der Bibel, und sie bedeuten *Prinzessin.* Und da habe ich zu ihr gesagt, Spiel doch nicht die Prinzessin, als sie wollte, dass ich gehorche und das Messer nehme.

Wir haben uns gefragt, wie die Deutschen davon Wind gekriegt haben – von der Gänseleber. Die Duroux' haben keine Werbung gemacht. Ihre Produkte verkauften sich gut. Sie hatten ihre Stammkunden, Geldsäcke, die die Schwarzmarktpreise ohne zu murren bezahlten. Aber die Deutschen haben es erfahren, sie sind gekommen. Sie kamen Gänseleber kaufen, um sie in die Heimat zu schicken. Die Soldaten sagten, *Sehr gut.* Der Oberleutnant war zurückhaltender, sagte nicht *sehr gut,* aber wählte die Gläser aus, die seine Ordonnanz dann in einem Korb zu seinem Volkswagen schleppte, der vor dem Gatter geparkt war. Madame Duroux beteuerte, wenn man den Besatzern Gänseleber lieferte, entginge man der Beschlagnahme der Maisvorräte, mit denen sie ihr Geflügel im Reich füttern wollten.

Und dann kam der Moment, da Henriette von mir verlangte, ihr beim Gänseschlachten zu helfen. Schlachtreife Tiere, dreißig Tage lang dreimal täglich gestopft, und dann 48 Stunden nüchtern belassen. Das Schlachten der Gänse erfolgt frühmorgens, so steht es im Handbuch. Wie bei den Menschen. Henriette wiegt ihr Opfer in den Armen, sie hätschelt und tätschelt es in einem fort, flüstert ihm zu, Mein Täubchen, und drückt mir das Messer in die Hand. Sie sagt, Ich pack' sie an den Füßen und du schneidest ihr den Hals durch. Hier setzt du an, siehst du, das ist die Karotis. Die muss so schnell wie möglich ausbluten, sonst kriegt die Leber Flecke. In dem Buch stand *den Kopf des Tieres fest nach unten drücken, damit es vollständig ausbluten kann.* Ich hatte das Messer in der Hand, die Gans schmiegte sich noch an Sarahs Brust, unter ihrer Bluse waren ihre Brüste zu sehen, und ich schaute auf das Messer und dann auf ihre Brüste und fühlte mich ganz elend, hätte am liebsten losgeheult.

Sie sagte wieder, Du stichst sie ab. Ich wagte nicht zu widersprechen, denn Madame Duroux war in der Nähe, und ich wusste, sie zählte längst nicht mehr darauf, dass man mich abholen käme, Kost und Logis und dazu noch eine Prämie bezahlen würde. Die Gans wollte noch einen Schrei ausstoßen, aber es war nur ein Gurgeln zu hören, und das Blut ist in die Schüssel gespritzt und auch, obwohl ich gleich zurückgewichen bin, schmierig, klebrig und knallrot an mein Hosenbein, wo es ganz schnell braun wurde. Sarah (oder besser Henriette) hat es auf ihre nackten Füße gekriegt und es danach mit einer Handvoll Stroh abgerieben.

Sie hat dann die Gans gerupft. Sie sagte, die Flaumfedern kitzelten ihr die Nase. Sie hat die Gans auch ausgenommen und die Leber rausgeholt. Sie jubelte, Wie schön die ist, wie niedlich – als wäre die Leber ein Neugeborenes. In der Nacht habe ich ins Bett gepinkelt. Am anderen Morgen musste ich notgedrungen mein Bettzeug in die Sonne hängen.

Madame Duroux gab mir eine Unterlage, um den Strohsack zu schonen. Du schämst dich wohl gar nicht, in deinem Alter, sagte sie. Ich schämte mich für das vergossene Blut. Das Sarahs hübsche Füße besudelt hatte. Gefährliche Brut, die Weiber. Die legen dich einfach auf die Fliesen in der Kirche, die lassen dich zwischen Orléans und Tours bei Maschinengewehrfeuer im Stich, die drücken dir ein Messer in die Hand, obwohl du Blut verabscheust, die sagen dir, ach, du schämst dich wohl gar nicht, wenn man ins Bett pinkelt. Ich hab' weiter ins Bett gepinkelt. Ich habe nicht mehr gewagt Henriette anzusehen. Vor allem nicht die Brüste von Henriette, die gebebt hatten, als sie die Gans an sich drückte, um sie vor dem Schlachten noch einmal zu tätscheln. Von diesem Tag an habe ich gewusst, dass ich mit den Weibern nichts zu tun haben wollte. Ich habe auch gewusst, dass Madame Duroux mich einzig aus dem Grund da behielt, weil ich mich im Garten nützlich machte, und dass meine Pflegemutter niemals die Absicht gehabt hatte, an der Straße auf mich zu warten, und dass meine Mutter mich schlichtweg ausgesetzt hatte und dass Sarah sich einen Spaß daraus machte, die Gänse zu quälen; die Weiber nehmen im Leben den direkten Weg, nichts hält sie auf. Und trotzdem kann ich mich nicht erwehren Gott zu sagen, Zeig mir deine Heilige Mutter. Als ob da meine letzte Chance läge, mich mit dem anderen Geschlecht auszusöhnen. Als ob der Versuch von Bedeutung wäre.

In die Rue Chapon Nr. 48 – ich wohne da nun seit dreißig Jahren, Aufgang B oberstes Stockwerk mit Blick zum Hof – ist eine neue Mieterin eingezogen. Sie heißt Sarah, wir haben uns mehrmals bei den Briefkästen getroffen, in meinem finde ich nichts außer Prospekten, Katalogen, Steuerzetteln oder Rückzahlungsscheinen von der Sozialversicherung. Sarah Goldman ist ihr Name. Auf der Terrasse der Lutèce-Bar haben wir zusammen einen Kaffee getrunken. Sie arbeitet in der chemischen Reinigung im Marais. Und ich habe ihr gesagt, dass ich früher gleich dort, wo heute die Reinigung ist, gearbeitet habe, in einer Werkstatt für Brillen, ich habe ihr erklärt, was man dort so macht, wie man die Bügel hinbekommt, und sie meinte, Ach wirklich, das Horn kommt vom Panzer der Schildkröten, oh die armen Tiere. Ich habe gesagt, Schildkröten sind keine Schindkröten.

Jeden Morgen tranken Henriette und ich bei den Duroux' unseren Muckefuck. (Der richtige Kaffee, den Madame Duroux vom Kaufmann im Dorf für ein Glas Gänseleber bekam, der war für sie und ihren Mann bestimmt, sie wollte nur unser Bestes, denn Kaffee, meinte sie, würde uns die Nerven ruinieren.) Ich habe an einem harten Stück hausgebackenen Graubrots gekaut. Bin einen Moment am Tisch herumgeschlurft. Ohne die Augen auf Henriette zu richten.

Ich dachte, niemals wieder könnte ich sie ansehen. Auf meiner Hose waren Gänseblut und Jaucheflecken ineinander übergegangen, ich hatte versucht die Blutlache wegzuwaschen. Die anderen Gänse hatte Madame Duroux geschlachtet, mit Henriettes Hilfe. Und schon wartete eine neue Gänsegeneration darauf gestopft zu werden.

Der Oberleutnant kam wieder. Es ging das Gerücht, dass seine Einheit an die Ostfront verlegt werden sollte. Man hörte, der Führer, oder vielleicht ein hoher General des Führers, wäre der Meinung, dass die Soldaten hier kaum zu etwas nütze seien. Jedenfalls tauchte der Oberleutnant an jenem Tag noch einmal auf und wollte Gänseleber kaufen. Der Oberleutnant hatte offensichtlich niemals die Absicht gehabt, die Gänseleber der Familie Duroux zu beschlagnahmen, der Oberleutnant zahlte bar und das, was man von ihm verlangte. Einen Augenblick ist er stehen geblieben, betrachtete die Lebern der in der Frühe abgestochenen Gänse, allerbeste Ware, die entsprechend den Anweisungen aus dem Handbuch in einer Schüssel mit frischem Wasser lagen. Henriette trat aus dem Haus, wollte in einem Kübel den vom überbrühten Mais klebrigen Stopfapparat sauber machen. Henriette, seit einer Woche hatte ich sie nicht mehr angeschaut. Weder ihr Gesicht noch ihre Brüste noch sonst etwas. Und nicht mehr mit ihr gesprochen.

Ich weiß nicht, was in mich gefahren ist; ich rief, He Sarah — Sie ließ den Trichter fallen, der scheppernd auf den Gully schlug. Sie wandte sich nach mir um. Der Oberleutnant unter dem Schuppendach hörte auf, die riesigen, rosigen Gänselebern zu betrachten und hob den Blick. Ich sah, was auch er sah. Das Gesicht eines Mädchens namens Sarah, mit schwarzem Haar, verängstigtem Blick, und ich hörte, was er hörte, eine erstickte Stimme die sagte, Ja was denn?

Am anderen Morgen saß ich allein vor meiner Tasse Muckefuck. Ich hatte keinen Hunger und ließ das Brot liegen.

Mein Viertel in Paris mag ich gern. Solche alten Häuser haben ihren Charme. Es ist eine schmale Straße, dadurch ziemlich ruhig. Die Leute sagen schmunzelnd, hierher, in die Rue Chapon, gehöre eigentlich ein Geflügelhändler. *Zum fetten Kapaun*

*in der Rue Chapon.* Das wäre doch ein gutes La-
denschild.

Ich hatte nur gerufen, He Sarah. Einfach so,
ohne Absicht. Und sie, die blöde Trine, statt einfach
nicht zu antworten, hat sie den Kopf gehoben und
gesagt, Ja was denn? Dümmer konnte sie nicht sein.
Eine dumme Gans. Zu Anfang habe ich sie manchmal mein Mamachen genannt.

Als diese Sarah Goldman – oder Goltman, ich
weiß es nicht genau, muss noch mal auf ihrem
Briefkasten nachschauen – in die Rue Chapon
Nr. 48 einzog, traf ich zum ersten Mal wieder auf
eine Sarah, nach der Henriette bei den Duroux'.
Wenn ich von Zeit zu Zeit in die chemische Reinigung gehe und meinen Anzug dort abgebe, denn
jetzt arbeite ich im Büro, reden wir ein bisschen,
Sarah und ich. Sie erzählt, dass sie schon immer in
Paris gelebt hat, nach Belleville zu. Dass ihre Eltern
deportiert worden sind und ums Leben kamen.
Dass Nachbarn sie damals – sie war siebzehn Jahre
alt – in einem Keller versteckt haben, ja, mitten in
Belleville. Sie sagt, sie habe gehört, das Périgord soll
eine schöne Gegend sein, aber eigentlich, nein, sie
kenne es nicht. Von Gänsen und wie man sie auf-
zieht, habe sie gar keine Ahnung. Sie erinnert sich,
einmal Gans gegessen zu haben. Mit Maronen, zu

Weihnachten. Dann sagt sie, Haben Sie gesehen, die Chinesen hier im Viertel hängen ihre Enten an der Fensterbrüstung auf. Sie behaupten, man müsse sie schön draußen an der Luft trocknen lassen, für Pekingente, die wird mit einer Karamelglasur im Ofen gebacken. Sie fragt mich, ob ich so was gern esse. Ich sage, dass ich Vegetarier bin.

Aber ich habe es satt. Die Wehmut, die Reue. Das Leben ist lang. Jeden Morgen wache ich ganz zusammengekrümmt auf, wie im Mutterleib. Dann brauche ich einen schwarzen Kaffee (wie gehabt: FERTREGT MILLCH NICH UN SO). Ich strample herum, um mich aus dieser ekelhaften Starre zu befreien, aus der feuchten Wärme des Bettzeugs, seinem herben Geruch. Ich weiß nicht mehr, welchen Heiligen ich anrufen soll – Herrgott im Himmel, zu meiner Rettung brauche ich Sie, Maria. Ja, unser aller Mutter, die mich zwischen den Falten ihres weiten Gewands aufnehmen soll. Eine Himmelsmusik. Der große Taumel, Wolken reißen auf, ein einzigartiges Licht. Sanftmut, Liebe, Vergebung. Das ist zu viel verlangt, befürchte ich. Immer wieder überkommt mich die Angst. Nun bin ich fünfzig Jahre alt und pinkle wieder ins Bett.

Nach Luft ringend, gevierteilt.

Zwei große Hände, sonnengebräunt, die den Rock über einen weißen Oberschenkel schieben, das Bein am Boden festhalten. Zwei Hände mit kräftigen Handgelenken, die den anderen Schenkel über den zerwühlten Stoff zwängen.

Zwei starke Hände klemmen den linken Arm ein, zwei kraftvolle Hände drücken mit Wucht auf den schon gemarterten rechten Arm.

Zähne, die sich in den Knebel aus zusammengeknülltem Küchenvlies versenken. Ein Taschentuch darüber gebunden, zwischen blutender Nase und wundgeriebenem Kinn, der Knoten wie ein Büschel trockener welker Blumen.

Das Mädchen atmet erstickt und wimmert. Ihre Augen schreien.

Von den vier Männern, die mit schweißnasser Stirn und kurzem Atem über sie gebeugt sind, bewegt sich keiner, spricht keiner.

Ein fünfter schmeißt sich zwischen die Beine des Mädchens. Das zusammenfährt, den Oberkörper windet, noch immer unter dem Knebel murmelt. Und der Vergewaltiger, Halt den Mund, dumme Kuh.

Zähne (des Mädchens), die sich in das Papier und den Stoff versenken, Finger (der Komparsen), die sich ins blauangelaufene Fleisch (des Mädchens) versenken. Steifes Glied, das er (der Vergewaltiger) in die Fetzen Spitzenstoff versenkt.

Ein dunkler Nacken. Erstarrte Gesichter.

Dann lange Stille.

Die Arme lockern ihren Druck.

Langsam steht der Vergewaltiger auf, die Hände der Komparsen lassen die Beute los. Das Mädchen entfernt selbst den Knebel.

Sie sagt, Vincent, was ist nur. Vincent, was ist

Er sagt, Bitte verzeih mir. Ich. Ich konnte nicht. Habe nicht. Hätte müssen.

Sie sagt, Wo doch heute Abend, du und ich (die Stimme ist gebrochen) heute Abend heute Nacht, morgen Nacht, alle Nächte der Welt, wenn du willst

Ich weiß, sagt er.

Er hat den Reißverschluss seiner Hose noch nicht wieder hochgezogen.

Diesmal war's gut, sagt der Regisseur und gibt das

Zeichen zum Ausschalten der Spots. Letztes Take o.k. Schluss für heute.

\*

Woran denkst du, sagt der Drehbuchautor. Der Tonfall ist kaum der einer Frage.

An nichts. Nichts. NICHTS.

Vorhin in der Caféteria, sagt er, herrschte Beklommenheit. Sonst sind die Leute, nachdem eine nicht so leichte Szene endlich gut im Kasten ist, ganz außer Rand und Band. Was ist heute los?

Sie sagt, Vincent, es ist Vincent

Es ist Vincent, sagt sie. Vincents Phantasien. Oder vielleicht der Ekel. Der Hass.

Der Hass von wem, auf was, sagt er.

Sie hat nicht geantwortet.

Dann sagt sie, Eric, in deinem Drehbuch solltest du

Nach einer Pause spricht sie weiter – ihre Stimme ist ruhig – Solltest du etwas hinzufügen. Die Fortsetzung des Dramas. Ja, den Hass. Dieses Mädchen, das wie eine dem Typen untertane Nutte behandelt wird, dieses Mädchen ist plötzlich entschlossen, sich an dem Vergewaltiger zu rächen. Ihn zu töten. Ein Frauendelikt. Vielleicht Gift?

Weiß nicht, hat der Drehbuchautor gesagt. Der verlegen lächelt, mit den Schultern zuckt.

Verspricht drüber nachzudenken.

*

Sie betritt das Hotelzimmer, Doppelzimmer, erster Stock. Sie sagt, Vincent. Er sitzt auf der Bettkante, kaut an einem Fingernagel, er ist blass.

Er sagt, Eric spielt verrückt.

Er sagt, Eric will eine Änderung am Drehbuch vornehmen. Eine Wendung ins Tragische. Das Opfer rächt sich. Der Vergewaltiger kratzt ab.

Sie stimmt zu, Gute Idee, logischer Schluss. Man muss natürlich vorsichtig sein. Vermeiden, dass die Geschichte ins Melodramatische geht. Nicht zeigen, wie der Vergewaltiger zusammenbricht, wie ihn die Wirkung des Arsens oder des Zyanids dahinrafft. Am Schluss müsste das Bild der Hand stehen, die das Glas reicht, und jener, die danach greift.

Er krümmt sich, beide Fäuste gegen den Magen gepresst. Er sagt, dass der Film zu brutal sei, eben darum raste es in seinem Kopf in seinem Magen für Momente aus. Darum habe er auch keinen Appetit, verdaue schlecht.

Sie ist ins Badezimmer gegangen. Das Wasser läuft. Leichtes Zischen. Das dauert.

Sie kommt zurück, auf einer Untertasse bringt sie das halbvolle Glas. Sie lächelt nicht. Sie sagt, Bleiben wir im wirklichen Leben.

\*

Sie reicht das Glas, ihre Hand zittert, sie sagt, Hier trink, das ist Alkar Seltzer.

Ja, gleich. Sitz gerade. Steht ihm gut, diese Farbe. Pflaumenfarben sagt man, glaube ich. So dunkelviolett wie diese riesigen, glänzenden Pflaumen, die Zwetschken, Zwetschgen, Quetschken oder Quetschen hießen ich weiß nicht wie sich das schreibt solche hab ich seit zwanzig Jahren nicht mehr gesehen, sie waren viel zu groß, um sie auf einmal in den Mund zu stecken, man musste ein paar Mal abbeißen. Und zuerst rieb man sie lange am Schürzenzipfel blank. Übrigens waren sie nie so gut, wie man meinte. Schmeckten nach Wasser. Wasser hat keinen Geschmack, Mama. Na hör dir dieses Kind an. Sieht aus, als wär er ganz woanders, und dann gibt er aus heiterem Himmel seinen Senf dazu. Immer muss er sich einmischen. Na ja. Eiförmig, das erinnert mich an

Mich nicht. Mich erinnert das an einen Tumor. Ich seh' überall Tumore, wegen der Total-OP, die ich letztes Jahr hatte. Weil sie bei mir eine bösartige Eierstockzyste entdeckt hatten. Ach, aber damit werden sie heutzutage fertig, Mona, sie schaben alles raus, du hast gar nichts mehr zu befürchten.

Sie dreht sich um. Sitz gerade. Freche kleine Stimme: Zieh mir doch ein Fischbeinkorsett an.

Drei Fische, Blauwale. Die im Ozean herumtollen. Bilder, die man in- und auswendig kennt, die Seiten sind ganz zerfleddert. Ein Wal stirbt. Nicht die Wal-Mutter, die entkommt. Eine Mutter, die stirbt, ist gar nicht so schlecht. Danach ist man traurig und kann erwachsen werden. Statt Mama macht Mamuschka das Essen. Dann stirbt Mamuschka auch. Am Alter. Isst man eben nur noch Brot.

Ich hab's im Prisunic gekauft, sagt sie. Die Farbe hat mir gefallen. Pflaume. Guter Schnitt. Ein Schnäppchen. Die Qualität ist nicht umwerfend, aber Kinder wachsen ja so schnell. In die Länge. In die Breite. Ich will, dass er genauso gut angezogen ist wie seine Kameraden. Du ahnst ja nicht, was das heutzutage kostet, die Leute geben ein Vermögen für Kinderklamotten aus. Pflaume ist modern. In Marineblau sah er aus wie aus dem Waisenhaus.

Die andere trommelt mit ihren grünlackierten Fingernägeln auf den Tisch. Sie sagt, ach, du übertreibst. Sie sagt auch, ihm ist's doch gleich. Dann, du tust zuviel des Guten, Regine.

Quadratischer Tisch. Metallstühle, die Sitze aus Schlangenlederimitat. Rotgoldener Aschenbecher. Es ist ganz nett hier, sagt sie. Den Wirt kenne ich. Knallhart in punkto Benehmen, Rowdies kann er nicht ab; und gebaut wie ein Schrank, hast du gesehen? Also, Mona, du sagtest

Die Hand mit den grünen Fingernägeln. Handfläche auf dem Tisch. Zwei weiße Steinguttassen, geometrisch gemustert in einem rötlichen Braun. Nicht so schlecht, der Kaffee. Was will er denn noch, der Kleine. He, hör auf herumzuhampeln. Der Aschenbecher mit seinem gezackten Rand ist wie die Spitze eines Wehrturms, mit einem Rundgang innen. Eine heisere kleine Stimme verkündet, dass unten in der Ebene der Feind liegt. Man wird siedendes Öl durch die Pechnasen gießen. Ja, Burgen, das ist fast das einzige, was ihn interessiert. Ich erkläre ihm alles Mögliche aus dem Lexikon, aber er landet immer wieder bei den Rittern. Seit er den großen Aufbruch zum Kreuzzug gesehen hat, einen Film auf Arte. Ich wollte, er liebte die Natur die Landschaften die Pflanzen die Tiere, er könnte doch ein bisschen mehr Begeisterung zeigen, wenn man ihm von Walen erzählt. Seine Mamuschka hat ihm ein Buch geschenkt, *Die drei Blauwale*. Aber der Wal ist ein Tier, das ihn kalt lässt. Na ja. So ist das Leben sitz gerade.

Auf der Bank aus Schlangenlederimitat mit Schuppen, die doppelt so groß sind wie die anderen (falschen Schuppen) auf den Stühlen (alte, abgenutzte Schlange), ist es hart und kalt; baumelnde Beine, ich hab' Bauchweh, hör auf zu quengeln, das Plastik ist rissig, etwas Rosshaar quillt heraus, hörst du wohl auf, daran herumzuzupfen, willst du vielleicht, dass der Wirt die Polizei ruft?

Hallo. Einen Sirup für den Kleinen. Und wie wär's, wenn wir uns einen Kir genehmigen. Komm schon, Mona, ich geb' einen aus. Du scheinst ja in Hochform, Regine. Es gibt gute und schlechte Tage, an einem Morgen seh' ich alles rosarot, am nächsten pechschwarz. Ach, mir geht's nie mehr so richtig gut, seit sie mir alles rausgenommen haben. Zumindest musst du dich jetzt nicht mehr mit der Pille rumärgern, die man nehmen sollte und dann doch vergisst. Du kannst todsicher sein, dass du nie mit einem Balg auf dem Arm dasitzt, und der Vater ist auf und davon.

Die Freundin mit den grünen Nägeln (Mona) sagt, der Junge ist süß, ein kleiner Prinz mit seinen Löckchen, die unter der Kapuze (pflaumenfarben) hervorgucken. Ja die Farbe steht ihm gut, außerdem wird sie nicht so schnell schmutzig. Aber verstehst du, sagt Mona, mich ekelt es vor jeder Farbe, jedem Ton zwischen Blasslila und Purpur, irgendwo ist da die von meinem Krebs dabei. Hat doch keinen

Sinn, dass du dich quälst, sagt Regine, du möchtest gern bemitleidet werden, aber wenn wir hier rauskommen, werd' ja vielleicht ich von einem Auto oder einem Laster überfahren. Zufall eben.

Ein Kranwagen. Wär' bloß schade, wenn sie vor Weihnachten stirbt. Weil Mamuschka gegen Geschenke ist, hat sie gesagt. Aus Prinzip, hat sie noch dazu gesagt. Gegen Ritterburgen und Türme mit Zinnen. Trotzdem hat sie mir das Buch mit den Walen geschenkt. In dem der nette weiße Clown Blumen ins Meer wirft.

Außer Mamuschka, seiner Großmutter, sagt Regine, kennt er keinen von der Familie. Nächsten Sommer wird er hinfahren, das ist beschlossene Sache. Tante Pflaume besuchen; ist jetzt schon sehr alt. Wir haben sie so genannt wegen dem Baum ganz hinten im Garten, dicht an der Kompostgrube, der fast zusammenbrach unter den riesigen, violetten Pflaumen (Zwetschen oder Zwetschgen). Sie sagte, esst nicht zuviel davon, sonst kriegt ihr Sodbrennen. Der Garten war ein Reich für sich. Mein Cousin hat mir erzählt, dass der Mann von Tante Pflaume in die Grube mit der Komposterde gefallen und auf einen Schlag mit Haut und Haaren versunken ist, wie in Treibsand. Man hat ihn nie wieder herausziehen können. Putz dir die Nase und sitz gerade.

Aber ich muss mal groß, Mama. Geh doch. Auf der Tür steht »WC«, du kannst lesen. Und wasch dir die Hände hinterher. Ich hab Angst, allein zu gehen, Mama. Dann warte, bis wir zu Hause sind.

Der Tisch aus falschem Mahagoni. Der Tropfen Kir (violett) auf dem Resopal, der grüne Nagel kratzt an einem Brandfleck, jaja, die Männer und ihre Zigaretten, du kannst ihnen lang einen Aschenbecher hinstellen, sagt sie. Ich wusste gar nicht, dass du rauchst, Regine. Ja, um meine Nerven zu beruhigen; ich werd' mit Yoga anfangen.

Vom Rundgang oben entdeckt man, dass sich der Feind zum Sturm bereit macht. Mama, ich muss ganz dringend. Geh, ich hab's dir schon mal gesagt. Zur Zeit der Wehrtürme mit ihren Schießscharten hockte man sich an eine Mauer. Ganz einfach. Und dass die anderen einen sahen, machte nichts. Auch die Fische im Meer haben's einfach. Und die Wale. Ein Strudel, und es ist weg. Man fragt sich, ob man sich's noch ein bisschen verkneifen kann, man hofft. Die Gläser sind leer, bist du fertig, Mama, gerade will sie aufstehen – nur noch bis fünf zählen – und dann sagt sie, ja Mona, trinken wir noch einen letzten Kir.

Man lud uns alle auf das Fuhrwerk, auf dem Tante Pflaume schon Platz genommen hatte; wir rempelten gegen die Ärmste, bei jedem Stoß fielen wir auf sie drauf; die Kleineren verloren ihre paar Münzen, die sie in ihren zusammengeballten Fäustchen so fest zu halten meinten. Wir stießen gegeneinander, torkelten zwischen den zwei lackierten Bänken hin und her. Tante Pflaume sagte, wir ruinierten ihr das Kleid. Wir waren richtige Ungeheuer. Weißt du, Mona, es ist nicht einfach, in seinen Kopf zu bringen, dass er kein Baby mehr ist, er hätte gern, dass ich ihm den Hintern abputze, und danach würd' er wieder den tapferen Ritter spielen, der die Angreifer in der Ebene mit Pech und Kugeln bombardiert, aber das ist Erziehung, ihm keine Launen durchgehen lassen und dafür sorgen, dass er mit beiden Beinen auf der Erde bleibt. Schön, hat er sich nun doch entschlossen, allein aufs Örtchen zu gehen.

Eisiger Ring, der einem noch am Hintern zu kleben scheint, wenn man schon wieder steht und die Hose hochzieht. Keine Chance, an den Griff der Spülung zu kommen. Die Sache wird weiter da herumschwimmen, halbwegs verdeckt von dem zerknüllten Papier. Grau. Beige. Grau-beige. Nass wird es dunkler.

Ich bin Mutter und Vater zugleich für ihn. Er ist ja sehr intelligent, aber bei jeder Kleinigkeit wird er bockig. Ach, ich schaff' das ganz gut, genauso wie das Renovieren, soll ich dir nicht helfen, dein Bad zu streichen, Mona? Ich bin in Übung, bei mir hab' ich gerade Schlafzimmer und Küche neu gemacht. Jetzt ist's bei uns blassgrün, das gefällt mir, die Farbe der Hoffnung. Bei Acrylfarben wäscht man die Pinsel in klarem Wasser aus, kein Problem.

Das ganze Papier auf dem Boden. Das Dingsda ist abgegangen. Elender kleiner Halunke, wird der Wirt sagen. Nicht mit Absicht gemacht. Pfeift er drauf. Ein vergittertes Polizeiauto. Sie brüllen: Widerstand zwecklos mein Freund wenn du nicht willst dass wir dich erledigen solltest du dich besser ruhig verhalten. Hände hoch Vorwärts Marsch. Nachher werden sie gefesselt, die Hände, mit so 'nem Ding, das wie ein Vorhängeschloss aussieht. Kann man sich nicht mehr kratzen, wo's juckt.

Und der Blauwal ist gestorben. Immer geht's so aus.

Die Kleinen, niedlich und pummelig, auf allen Vieren nach ihrem Geld suchend, bis unter die Röcke von Tante Pflaume, das war für Lakritzstangen, mit rosa Zuckerperlen garniert. Damals hatten die Farbstoffe noch nicht solche chemischen Namen, die einem Angst machen. Superschädliches Zeug. Krebserregend sagt man.

Sie sagten, sie lächelten sogar dabei, eine kleine Geschwulst; so groß wie ein Taubenei. Und dann hab' ich's zufällig gesehen. In einem Glas auf dem Regal im Verbandsraum vergessen, mein Tumor, in Alkohol schwimmend. Genauso prall und violett wie die riesigen violetten Pflaumen aus deinem Garten früher, Regine, Zwetschen oder Zwetschgen sagst du, ich hab' mein Abendessen erbrochen, Nudelsuppe, die Nachtschwester ist in aller Ruhe ihren Kittel wechseln gegangen. Sie schwor, dass es viel schlimmere gibt, manche bis zu dreimal so groß.

Mein Cousin zerrte mich zur Kompostecke. Ich brüllte, ich hab' derart geschrien, dass er meinen Arm losgelassen hat. Dann hab' ich mich stundenlang in den Schuppen eingeschlossen ich würde nie mehr rauskommen sagte ich mir, auch wenn er ihn anzündet aber das würde er nicht wagen dachte ich. Am nächsten Tag hat meine Tante Geranienstecklinge in glasierte Töpfe verpflanzt, die sie auf den Friedhof brachte. Sie stellte sie in Reih und Glied auf eine Marmorplatte mit einer silbernen Girlande um die Inschrift *Meinem zu früh verstorbenen Mann.* Und ich Idiotin war auf die Geschichte mit dem Versinken wie in Treibsand reingefallen. Mein Cousin, dieser Schwätzer, war ein prachtvoller großer Kerl mit dunklen Haaren, und alle Welt sagte ihm eine glänzende Zukunft voraus. Er ist mit zwanzig an einer Bauchfellentzündung gestorben. Siehst du, Regine, der Bauch ist anfällig, auch wenn sie noch so oft sagen, dass sie mir alles rausgenommen haben, ich hab' keine Ruhe. Es kann Verwachsungen, Wucherungen geben, die sich dahin und dorthin ausbreiten, zwischen dies und das glitschen wie klebrige Krakenarme. Ach Mona, sei nicht albern. Ich sag dir doch: Das Schicksal ist sowieso vorherbestimmt. Fang nicht wieder an, dich verrückt zu machen.

Der Riegel dort oben. Der nach links oder nach rechts aufgeht, man erinnert sich nicht. Wenn er blockiert, ist man verloren. Sie wusste das, kümmert sie überhaupt nicht. Ist nach Hause gegangen. Der Wirt wird an die Tür klopfen. Zuerst leise dann sehr laut. Wütend. Die Tür mit der Axt einschlagen. Sie mit einer Wal-Harpune durchstoßen. Umsonst wird man. Roter Brei, rote Spritzer. Der neue Anorak verfleckt verdorben. Man hat die Nase voll von neuen Klamotten, zu viel Ärger hinterher. Sie sagt, die Farbe heißt Pflaumenblau. Man will wie die anderen sein. Die anderen, die haben nie Angst, die tragen kein Pflaumenblau die tragen Marineblau und ihre Mutter sieht zu dass sie zu Hause

Kaka machen. Wenn das hier nicht gleich aufgeht, wird's bald keinen Sauerstoff mehr geben. Wenn man schreit, kreuzt der Wirt auf, und der ist so brutal, dass man sich nicht mehr traut, den kleinen Finger zu rühren.

Nachher waren wir am Strand und Tante Pflaume verteilte Sandwichs. Rosa Wolken am Horizont. Wir schmierten uns die Butter bis in die Haare. Über dem Meer flimmerte ein Hitzeschleier. Ich hab' ihm im Lexikon gezeigt, wie ein Wal gebaut ist. Er sagt, Fische, die nicht säugen, sind ihm lieber.

Ja vielleicht, wenn du mir hilfst, Regine. In sauberer Umgebung atmet sich's besser. Natürlich, Mona. Nur ein paar Pinselstriche, sag mal, was hältst du von Pflaume? Die Wände weiß und die Holztäfelung pflaumenfarben mit einem etwas helleren Streifen rundrum.

Dass man sich nicht traut, den kleinen Finger zu rühren, dass man das Ende der Welt erwartet.

Ach, damals war der Himmel noch ganz weit und durchsichtig. Das alte Pferd trottete über den Feldweg, Tante Pflaume hielt die Zügel locker, das Pferd kannte den Weg. Und uns Kindern ging das Herz auf, wie eine Blüte in der Sonne. Wir liebten uns, wir liebten jeden Augenblick des Tages. Den

Horizont mit seinen Streifen aus Samt und Seide, die schwarze Silhouette der drei großen Ulmen auf der Kuppe vor der Kreuzung, das glühende Ocker eines Brombeerzweigs, den Schrei eines Zugvogels, der sich in der Jahreszeit geirrt hatte, und jeden Halm auf den hügeligen Feldern hinter der Weiß-dornhecke.

Die Angst, Regine, macht einen kaputt; wenn einen jeden Morgen, kaum hat man die Augen auf-geschlagen, das Entsetzen packt. Jeder rät einem, nicht den Mut zu verlieren, die Dinge so zu neh-men, wie sie sind. Sich umzubringen, vor lauter Angst zu sterben, das wär' doch zu blöd.

Da ist er ja wieder, was hat er bloß zu heulen? Was denn, konntest du nicht rufen? Bleibt dort eingesperrt und klopft nicht mal an die Tür! Bist du vielleicht nicht ganz richtig im Kopf? Hör auf her-umzuzappeln. Trinken wir noch einen Kir, Mona? Für den Kleinen einen Sirup. Ich bin ganz zuver-sichtlich, das wird schon in Ordnung kommen bei dir. Vor allem lass dich nicht hängen. Man darf sich nur nie der Verzweiflung überlassen. Ja, ich hab' ihn behalten, den Jungen. Viele Frauen hätten ihn sich vom Hals geschafft. Das war wie ein Tumor. Und dann gewöhnt man sich dran. Aber wenn man bis zur sechsten Woche ein spezielles Mittel einnimmt, so was richtig Starkes, dann verwandelt es sich in Wasser, geht ab ins Klo. Woran das Leben so hängt. Naja. Du jedenfalls bist wieder auf dem Damm, du siehst nicht schlecht aus. Letzten Endes, weißt du, überstehen eine Menge Leute diese Krankheiten. Ein schlimmer Moment, dann ist's vorbei, und nachher redet man nicht mehr drüber.

Na siehst du, bist doch nicht dran gestorben, allein aufs Klo zu gehen.

So sagten sie. Ich, Joseph, sei *anderswo*. Ob sie mich mit dummen Scherzen aufzogen oder probierten, mir die für Jungen meines Alters üblichen Sorgen anzuhängen, am Ende kam sie immer. Die Frage. An was denkst du? Sag doch. He!

An was. An nichts.

Sie widersprachen. Unmöglich an nichts zu denken. Man denke immer an etwas. Sogar im Schlaf und das nenne man Träumen. Nicht erspart blieben mir einfältige Sticheleien, Grübelt noch immer über der Frage, wie es zum Urknall kam. Hat sich die Quadratur des Kreises vorgenommen. Das wurmte mich. Einen Moment lang. Dann habe ich nicht mehr hingehört.

Es waren nicht die Klassenkameraden allein. Auch der Lehrer mahnte mich oft zur Ordnung. Da hätten wir's – sagte er mürrisch – wieder einmal sei ich anderswo. Ich schlug mein Buch auf der falschen Seite auf. Ich hatte kein Datum über den Aufsatz geschrieben. Insgesamt waren meine Leistungen gut. Ich strengte mich gern an. Aber eine Antwort auf die so oft gestellte Frage, An was denkst du? wusste ich nicht.

Meine Eltern beklagten sich nicht über meine Reserviertheit. Sie hatten fünf Kinder, vier davon waren Schreihälse. Mein Schweigen fiel kaum auf im täglichen Radau, den Raufereien meiner Brüder, den Zankereien meiner Schwestern, wenn Patrick seinen Zwillingsbruder Rémi mit dem Inhalt einer Fruchtsaftpackung bespritzte, wenn Marion, die Älteste, wie immer zu sarkastischen Bemerkungen aufgelegt war, Rémi großspurig erklärte, eines Tages werde man schon sehen, was man davon habe, und Dora unter der Dusche *Ma-ri-on-die-Schlampe-mit-ih-rem-fet-ten-Arsch* sang. Ich war von stillem Gemüt, zu Hause beunruhigte das niemanden. Es waren auch nicht meine Eltern oder Geschwister, die fragten, An was denkst du, sondern die Mitschüler, die Aufsicht im Lycée, der Trainer im Basketballverein, wenn ich auf seinen Pfiff hin nicht losdribbelte, der Lebensmittelhändler in unserer Siedlung, ein alter Araber, bisweilen ganz verwirrt, wenn er mich reglos vor seinen Konservenbüchsen stehend überraschte.

Und sie. Nicht zu Anfang. Nicht an jenem Abend. An jenem Abend sagte sie, Na schön, du tanzt wie ein Pottwal, wir müssen uns was anderes ausdenken, komm. Und zog mich nach draußen. Sie fühlte sich sichtlich wohl in dieser Vorstadtdisko, deren winziger Garten beliebter Schlupfwinkel der Jungs aus dem Oberkurs und einiger angesagter Mädchen war. Ich war zufällig da. Oder irrtümlich. Sie sagte, Du bist eigentlich nicht mein Typ. Ich sagte, Ich verschwinde. Sie lachte, nahm meinen Arm, Komm weiter. Unter dem Falschen Jasmin fragte sie nicht, an was ich dachte, sie schmiegte sich an mich, berührte mein Gesicht, presste die Lippen auf meine Lippen, schob ihre Zunge zwischen meine Zähne, ich fand das ziemlich eklig. Als sie sich von mir löste, seufzte sie, Ich dachte, es würde dir gefallen. Der Geruch der Jasminblüten war mir zuwider. Wir gingen wieder hinein, ich setzte mich ein wenig abseits und schon stürzte sich ein Typ auf meine Begleiterin. Dann stand plötzlich diese Mitschülerin aus dem Kunstunterricht vor mir und plapperte, Wusstest du nicht, dass Daniel und Jeanne, ich sagte, doch ich wusste. Mein offensichtliches Desinteresse an einer ausführlichen Fassung der Geschichte von Daniel und Jeanne muss sie erstaunt haben. Ein weiteres Mal blieb mir die Frage nicht erspart, An was denkst du. An nichts, sagte ich.

An nichts. Ich war beinahe ehrlich. Aber damit konnte ich es nicht immer bewenden lassen. Bedrängte man mich gar zu stark, murmelte ich ohne Überzeugung, Also ich dachte gerade – versuchte mich zu erinnern an – überlegte ob – es ging nicht. Meine Lippen zitterten, meine Wangen brannten, in meinem Kopf verfranste sich alles, und ich erklärte, ich hätte tatsächlich an nichts gedacht.

Bei uns, ja, das war ein großes Tohubawohu. Oder eine kleine Hölle. Drei Jahre jünger als die Zwillinge, vier und fünf Jahre jünger als die Mädchen, wurde ich der Kurze genannt. Ich war ganz für mich. Neutraler Beobachter der Kabbeleien. In diesem Chaos bildeten meine Eltern ein so inniges Paar, dass zwischen ihnen kein Platz blieb. Ich stand am Rand. Und habe mich daran gewöhnt.

Eines Tages, im Stadion, die Woche über oft menschenleer, waren wir ganz für uns, der Unbekannte und ich. Ein Unbekannter, den ich hätte kennen können, denn – so erfuhr ich später – er wohnte in unserer Siedlung. Ich war unten an der Tribüne, im Wind, die Schultasche auf dem Rücken. Ich sah diesen schlanken blonden Mann in Trainingsanzug und Turnschuhen. An jenem Morgen hatte ich die Wohnungstür schon sehr früh hinter der Schlacht am Frühstückstisch zugezogen. Ich wollte mir vor der Chemie-Prüfung noch etwas in der Schulbücherei ausleihen. Ich kam zu spät ins Labor. Und als ich mich zu meinem Arbeitstisch stahl und dort meine Reagenzgläser füllte, war ich weiterhin anderswo.

Mein Dauerläufer aus dem Stadion war für die Leute auch einer derjenigen, denen man einfach unterstellt, sie seien anderswo. Die Erwachsenen aus der Siedlung meinten, er sei ein seltsamer Mensch, schweigsam, ausweichend. Manche sagten, er habe Ärger gehabt, andere nur, och, das sei eben ein Unbekannter. Die Eltern beließen es bei den üblichen Vorschriften – den Kontakt mit Fremden meiden, deren Annäherungsversuche zurückweisen. Sie fanden, der Mann sei »etwas merkwürdig«. Im Gerede wurde er zum Exdirektor eines Unternehmens mit zehn Angestellten, zwanzig Angestellten, hundertzehn, hundertzwanzig Angestellten, bis hin zu tausend. Dann schloss man in gewichtigem und leicht befriedigtem Tonfall, es habe ein böses Ende genommen. Die Kinder scherten sich wenig, sie guckten *Goldorak* und spielten Frisbee.

Ich aber sah mir den Unbekannten an. Wie er im Stadion seine Runden drehte. Er war da, jeden Morgen, wenn ich quer über den Rasen auf dem kürzesten Weg zur Schule ging. Im September hatte ich ihn nur aus der Ferne wahrgenommen, ich ging die Tribüne entlang, er lief hinten bei den Umkleideräumen. Im Oktober waren wir uns mehrfach über den Weg gelaufen, im November setzten wir uns ganz oben auf die Bank. Im Dezember hat er gelächelt und ich habe gelächelt. Jeder von uns war anderswo. Vielleicht im selben Anderswo. Im Januar habe ich seine Stimme gehört. Er sagte, Meinst du nicht, dass – das erleichterte mir die Antwort, die bloße Auswahl zwischen *ja* und *nein*. Wir wechselten ein paar belanglose Worte, zwischen den Worten sprach unser Schweigen. Reif bedeckte das Gras, eine Wolke war violett.

Am nächsten Tag ist er nicht gekommen. Ich hatte meine Tasche unten an der Tribüne abgestellt und versuchte, mich auf den Stufen warm zu hüpfen. Und schwänzte vergeblich die Französischstunde.

Ich wurde älter. Bin zwanzig geworden, dreißig. Jetzt bin ich vierzig. Meine Lebensgefährtin war schön, und sie ist es noch mit ihren Fältchen in den Augenwinkeln und den ergrauten Strähnen. Sie hat sich die schmalen Hüften und den glatten Bauch kinderloser Frauen bewahrt. Sie hat nie herausfinden wollen, warum wir keine haben konnten. Ob es unabänderlich war. Sie sagt, Was macht das schon. Und kommt auf etwas anderes zu sprechen. Ich höre zu. Ein wenig.

Wir haben, sie und ich – ohne sie hätte ich mich nie auf dieses Abenteuer eingelassen – eine kleine Elektrofirma. Bescheiden, ein Dutzend Angestellte, gute Auftragslage. Wir fühlen uns wohl in unserem Eigenheim in der Nähe vom Sportplatz. Im hinteren Garten hat sie einen Falschen Jasmin gepflanzt. Sie sagt, dass sie ihn nicht vergessen habe. Den süßen Duft der weißen Blüten.

Ich habe den Unbekannten im Stadion nicht vergessen.

Ich habe den Augenblick nicht vergessen – ich war sechzehn, kam atemlos auf dem Rasen an, meine Mutter hatte mich aufgehalten, ich sollte die Gardinen abhängen, die ihr mit einem Mal ganz verdreckt vorkamen – diesen Augenblick, in dem ich den Unbekannten entdeckte, wie er an der Tribünenwand lehnte und ein Mädchen an sich drückte. Das Haar, die Kleidung, die Figur – damals ein wenig plump: Ja, es war meine Schwester Marion. Doras argwöhnischer Aufsicht entglitten tauschte sie da einen Leinwandkuss mit dem Mann, auf den ich seit Tagen jeden Morgen vergeblich wartete.

Ich ging vorbei, ohne mich bemerkbar zu machen. Gegen sechs Uhr kamen Marion und Dora an jenem Abend zusammen von der Uni nach Hause.

Beim Abendessen schob eine träumerische Marion ihren Teller zurück und fragte mich, An was denkst du? Ich sagte, An nichts.

Meine Geschwister haben inzwischen Kinder. An was denkst du, Onkel Joseph, fragt mich bei den Familientreffen die aufgeweckteste meiner Nichten, wenn ich den Faden ihres Geplappers verliere oder wenn ich, nachdem sie und ihre Cousins und Cousinen mich zu einer Runde Monopoly überredet haben, zu lange zögere, mein Interesse für eine Straße oder einen Bahnhof kundzutun.

Meine Eltern leben noch immer in der Siedlung. Der Unbekannte ist verschwunden. Niemand, nicht einmal der Hauswart, weiß wohin. Marion war die erste von uns fünfen, die aus dem Haus gegangen ist. Sie hat streng Diät gehalten, sie hat als Mannequin gearbeitet, ist Schauspielerin geworden, hat mehrere Filme gedreht, den Regisseur geheiratet. Ich habe ein Video von ihrem ersten Film. Eine Soap.

Hin und wieder schiebe ich die Cassette in den Recorder. Wenn sich die beiden Liebenden umarmen und ihre Münder in Großaufnahme aufeinander treffen, sehe ich den Morgen im Stadion vor mir, als Marion und der Unbekannte —

Meine Frau schaut den Film mit mir. Schwat-zend. Sie hat nichts von ihrem Überschwang verlo-ren. Seit vielen Jahren schon sind wir zusammen, für's Leben, denke ich.

Es geschieht, dass sie mich überrascht. Dass sie die wieder und wieder abgespielten Liebesszenen nicht kommentiert. Und Stille aufkommen lässt. Der plötzlich leise und zärtliche Ton erinnert mich an eine verlorene Zeit, an die ferne Stimme eines Unbekannten oben am Rand des Stadions, im Wind unter einem violetten Himmel. Sie fragt, An was denkst du?

Ich sage, An nichts.

Sehen Sie selbst, wie's bei uns vor sich geht, Herr Gendarm, die Kleine ist den ganzen Nachmittag über da auf dem Hof, in der Sonne. Wenn das Wetter schön ist. Da hat sie ihre Ruhe, hinter dem Verschlag aus Gemüsekisten, falls sie mal Lust bekommt, auf die Straße zu laufen. Keine sehr gefährliche Straße, Autos gibt's hier selten, wir leben in einem öden Landstrich das sag ich auch immer zu meinem Mann und tu so als würd ich drüber lachen er mag nämlich kein Gejammer, gleich fängt er an los zu schrein wenns dir nicht passt such dir doch woanders was Bessres, ich sag lieber nichts, wir waren ja nicht auf dem Standesamt, er behauptet sogar, dass die Kleine – sie spricht und hört nichts – dass es keinen Beweis dafür gibt, dass sie von ihm ist, Männer sagen Dinge und manchmal meinen sie sie auch, aber das geht vorbei, wenn man ihnen ein leckeres Ragout serviert, ist der Bauch voll, sind sie wieder ruhig. Die Kleine spielt weiter brav mit ihren Kieselsteinen, ich schau, dass sie sich keine in den Mund steckt, ein Unglück passiert schnell, es sind schon Kinder erstickt, von der Küche aus hab ich sie im Auge wenn ich das Geschirr spüle oder die Wäsche schrubbe; wo wir jetzt Strom haben, hab ich mir geschworen, mir bald eine Waschmaschine aus einem Katalog zu leisten, das zahlt man leicht jeden Monat, vorausgesetzt man ist mit einem ordentlichen Kerl zusammen, der seinen Lohn mit nach Hause bringt. Ich dürfte eigentlich nicht meckern, Herr Gendarm, wir haben ein Haus und was zu essen, Kohlen fürs Feuer, Luxus ist was für die anderen, für Schlauköpfe, die Fabriken leiten oder Liebeslieder auf der Gitarre klimpern oder die vom Film. Deren Leben ist aber auch nicht so lustig, die müssen nämlich ständig durch die Weltgeschichte rasen und spät in der Nacht noch raus, dieses ganze Getue, Sie sind bei der Königin von England eingeladen Sie müssen unbedingt nach New York nach Moskau nach Tokio, da muss man ins Flugzeug und womöglich hat man einen Unfall oder gerät plötzlich in ein Land, wo's gerade eine Naturkatastrophe gibt oder eine Revolution, hier hat man ja seine Ruhe, wie gesagt, die Straße ist fast wie ausgestorben, man sieht kaum mehr als den Laster vom Milchmann und manchmal den Jeep der Gendarmerie mit den beiden Beamten in Uniform. Sie sind ja heute zu Fuß gekommen. Ist der Wagen kaputt? Und der Kollege? Zu faul oder im

Urlaub und Sie, Sie hatten wohl Lust, sich die Beine zu vertreten. Bei meinem Mann war's neulich das Gleiche, er sagte, Ich brauch Bewegung ich geh ins Dorf, ging quer übers Feld, rannte die Klippe hinunter, stieg auf der anderen Seite den Hügel nach Boislevents hinauf, kam so erschöpft auf dem Kirchplatz an, dass er sich ins Rendez-vous des Boulistes setzte. Als er nach Hause kam, stank er nach Wein, keuchte, stöhnte, humpelte und machte mir die ganze Küche schmutzig mit dem Dreck an seinen Schuhen, er rannte um den Tisch rum und schrie Scheiße wenn ich dich erwische, ich rettete mich ins Schlafzimmer, aus Spaß, so dass er mit seinen Abdrücken auch noch auf der Treppe alles dreckig machte und dann das Federbett als er mich drauf schmiss ohne seine Buxe auszuziehen, nur die Knöpfe hat er aufgemacht.

Aber da steh ich und quatsch rum als ob ich allein wär, ich fang immer von denselben unanständigen Sachen an, ich hab mir nämlich angewöhnt, nur noch mit mir selber zu reden, die Kleine ist taubstumm, die Nachbarn sind weit weg und außerdem nicht sonderlich gesprächig und mein Mann ist im Gefängnis. Wenn ich allein bin red ich dummes Zeug, ich denk an den Spaß, den wir zusammen im Bett hatten, die reichen Leute könnten das nicht besser. Sagen wir also, Herr Gendarm – Entschuldigen Sie, ich halte Sie auf, bei der Gendarmerie wird's sein wie bei der Armee, Pünktlichkeit ist alles, mein Kaninchen kann warten, ist erst halb abgezogen, wird auch 'ne Weile brauchen, es aufzufuttern, die Kleine hat nie Hunger – sagen wir also, dass ich mich nachmittags langweile, keine Abwechslung hier, kein Radio kein Fernseher keiner, der am Fenster vorbeikommt, ohne mein eigenes Gerede das mich ablenkt wär's für mich wie das große Schweigen in der Wüste. So war's jedenfalls bis jetzt. Aber seit einigen Tagen, gegen vier Uhr, wenn ich die Milch für die Kleine warm mache, dabei pass ich immer auf, dass sie auch gut kocht, weil ich Angst hab vor der Seuche, also gegen vier, viertel nach vier, wenn ich den Topf auf dem Herd habe und mit dem Kochlöffel umrühre, hör ich was. Hör ich Schritte.

Ich lausche und denk erst, dass ich spinne, dass ich mir was einbilde. Fang an zu phantasieren. Während ich das Abendessen mache, erzähl ich mir her, dass mich jemand besucht, wie geht's, was gibt's Neues, Sie haben im Preisausschreiben gewonnen, eine Kaffeemaschine, einen Kühlschrank, eine Woche auf Mallorca in einem Hotel mit Badezimmer. Ich lausche und ich hör Schritte. Werd mal nach der

Kleinen sehen. Die Kleine kann's nicht sein, aber man kann nie wissen, also geh ich hin. Sie lächelt, die schlaue Maus, sie quengelt, damit ich mit ihr schmuse. Ich nehm ihr den Dreck weg, den sie sich in den Mund steckt, Erdklumpen, ein Grasbüschel, Sachen, auf denen sie herumkaut, um sich zu beschäftigen immer auf der Suche nach dem Geschmack von Zucker, ganz versessen ist sie drauf, wenn ich ihr was gebe, bekommt sie gleich Verstopfung und ich massier ihr den Bauch. Danach bind ich ihr das Haar wieder zusammen finden Sie nicht, dass sie ein schönes Kind ist? Ich geh zurück in meine Küche. Ich setz mich an den Tisch und das Tapp Tapp Tapp geht wieder los. Und da hab ich das Gefühl, dass es unten aus dem Keller kommt. Es geht an die Nerven, ich werde unruhig, manchmal ist es so stark, dass es mich ganz durcheinander bringt. Und dann passiert ein Unglück, gestern ist mir die Milch übergekocht.

Wissen Sie, Herr Gendarm, dieser Keller ist nicht wie andere Keller. Es ist ein natürlicher Keller. Sie müssen sich ein Loch im Felsen vorstellen, das wie auch immer vor zehntausend Jahren entstanden ist. Als das Haus gebaut werden sollte, mußte man die Pfähle mehrere Meter tief hinein schlagen. Mein Mann fand, dass es schade wär, keine Stufen in den Stein zu hauen, die zur Höhle hinab führen. Wir brauchten einen Weinkeller. Ich kaufe nur was zu trinken, weil es besser ist, wenn ein Mann nicht in der Kneipe rumhängt, die Gäste aus dem Rendez-vous des Boulistes werfen sich, wenn sie getrunken haben, gegenseitig Boulekugeln an den Kopf, scheint, als hätte es neulich abends einen Verletzten gegeben, lag wie tot auf einem Tisch, mit den Füßen in den Glasscherben, der Doktor bekam Schiss, die Ehefrau watete im Blut und im Beaujolais herum und schrie Retten Sie ihn mir. Denn eine Frau ohne Mann, wissen Sie, das ist wie ein brennendes Bündel Weinreben in einem Haus, durch das der Wind bläst, man kann die Flamme nicht löschen und alles ringsumher gerät in Brand, das Bett der Schrank der Tisch das Kinderbett die Vorhänge die Fenster die Balken alles brennt lichterloh —

Ich schreie, sollte ich besser nicht tun. Wenn die Kleine mein Gesicht so sieht, bekommt sie Angst. Auf Ruhestörung steht außerdem Gefängnisstrafe. Nehmen wir mal an, ich würd Sie anschnauzen wegen meinem Mann, den Sie eingelocht haben, weil er angeblich rumkrakeelt hat, nun ich würd ins Gefängnis wandern. Aber ich rede höflich mit Ihnen, es ist Ihr Beruf Leute einzusperren man kann Ihnen keinen Vorwurf machen, vor allem, weil er Ihnen gedroht hat, das hat er mit mir auch gemacht. Wollte unbedingt zeigen, wer der Herr im Hause ist. Autorität, das ist es, was Männern gefällt, das liegt in ihrer Natur. Man muss sich wohl wie der Präsident höchstpersönlich vorkommen, wenn man andere ins Kittchen bringt. Werden Sie nicht böse, Herr Gendarm, wenn Sie es weniger eilig hätten, von wegen Aufrechterhaltung der Ordnung und Verteidigung der braven Bürger, könnten Sie von dem Kaninchen probieren, das mit Zwiebeln und Speck im Topf schmoren wird, ich hab wohl die ganze Woche was davon, wenn ich es warm mache, duftet das ganze Haus, der Geruch zieht überall hin, sogar in den Keller, trotz der Eisentür, die vier Finger dick ist, mein Mann wollte das so, damit man uns den Wein nicht klaut. Aber der auf der Treppe, wie gesagt, ich hör seine Schritte, der hat nichts zu klauen, die Flaschen sind schon seit einer Ewigkeit leer, auch die Kartoffelsäcke, ist das ein Grund, das man ihn frei hier herumlaufen lässt und er mich und die Kleine womöglich erwürgt, wenn ihm danach ist? Sie werden entschuldigen, der Keller ist dreckig, er stinkt nach Schimmel. Tatsächlich sieht man die Hand vor Augen nicht, zum Saubermachen nicht gerade günstig.

Die Alten aus dem Dorf erzählen, früher kam man durch einen Brunnen in die Höhle, der wurde dann zugeschüttet. Beim Schaufeln ist mein Mann auf Knochen gestoßen. Saubere, ganz weiße Knochen. Scheint als wär'n solche Orte früher als Kerker genutzt worden, der Grundherr, so eine Art Fürst mit miesem Charakter, ließ dort alle hinein werfen, die er nicht leiden konnte. Und vergaß sie da. Tage Monate Jahre.

Es gibt keine allmächtigen Grundherren mehr, Herr Gendarm, trotzdem hat sich nicht wirklich was verändert. Sie haben meinen Mann eingesperrt, als Sie ihn im Dorf wütend und betrunken auf dem Bürgersteig gefunden haben. Wann bekomm ich ihn wieder? Die Kleine ist zwar Gesellschaft aber ein Mann im Bett entschädigt einen abends für die ganze Plackerei, für die eintönigen Tage, und für die Händler, die Theater machen um das bisschen, das sie anschreiben sollen, drei Kilo Kartoffeln weiße Bohnen einmal im Monat ein Sack Mehl, ich kauf auf dem Markt ein Kaninchen und die Nachbarin geht hin und behauptet, es würde ihr eins im Stall fehlen, das bringt mich zur Weißglut. Und keiner, dem man's erzählen kann. Ein Bett für zwei und ich schlaf allein, mir ist kalt, doch mein Körper ist glühend heiß, er lässt mir keine Ruhe, hat Verlangen. Wenn mein Mann zurückkommt, erkennt er mich nicht mehr wieder. Eine verkümmerte Alte wird er vorfinden. Ich weiß, Herr Gendarm, dass Sie ihn aus gutem Grund und nur zu seinem Besten ins Gefängnis gesteckt haben. Das wird ihm eine Lehre sein er trinkt zu viel, er hätte Sie nicht beleidigen dürfen. Der Ärmste, er wird sich zu Tode langweilen hinter Euren fensterlosen Mauern, wo ihm doch lange Zeit Himmel Sonne Bäume und eine Frau im Haus gegeben waren und die Kleine die etwas sonderbar ist aber hübsch, ein Geschenk des Herrn, Ihre eigenen Kinder, die gewiss allerliebst und besser angezogen sind, würden neben ihr wohl ein trauriges Bild abgeben.

Bleiben Sie. Ich rede ich erzähl zu viel davon, nicht, dass Sie böse werden. Lassen Sie mich Ihnen etwas anbieten. Ich hab noch 'ne Flasche Zwetschgenwasser hinten im Wandschrank. Machen Sie es sich bequem schieben Sie das tote Vieh beiseite, das riecht schon mir wird übel wenn ich daran denke, dass ich es klein schneiden muss. In einer Zeitschrift hab ich gesehen, dass es Leute gibt, die sich nur von Obst und Gemüse ernähren. Denen muss doch Blut fehlen. Alkohol, der bringt einen in Schwung, in kleinen Dosen ist er gut für die Gesundheit. Wenn mein Mann zu Hause trinken würde hätte ich ihn im Auge, er würd sich beherrschen und ich würd ihn ins Bett schicken, sobald er anfängt rumzuspinnen, er würde nicht mehr so einen Radau in der Öffentlichkeit machen wie Sie erzählen. Auf Ihr Wohl, Herr Gendarm. Schön ist er nicht gerade, wenn er getrunken hat. Es kommt vor, dass ich ihn samstagabends ins Schlafzimmer hoch schleppe, ich ziehe und schleife ihn hinter mir her, er ist schwer und oh je seine langen Glieder schlapp wie ein Handtuch. Oben fehlt mir die Kraft, ihn auf's Bett zu hieven, ich lass ihn daneben liegen, er räkelt sich auf dem Boden und schläft sofort ein. Ich mach mich dann ein bisschen frisch, am Toilettentisch mit der Platte aus weißem Marmor. Nicht dass einer auf die Idee kommt, bei uns im Schlafzimmer säh's aus wie bei armen Leuten, wo die Bude voll ist, wenn ein Bett drin steht; das Zimmer ist doppelt so groß wie die Küche und dann haben wir noch die Mansarde hergerichtet, da leg ich die Kleine zum Schlafen hin. Ich zeig's Ihnen, da passiert nichts, da liegt ja ein Teppich, tun Sie sich keinen Zwang an. Nein, Sie wollen in den Keller? Sie bestehen drauf? Ich trau mich gar nicht richtig, Sie dahin zu bringen, in den Keller, sehen Sie mal, wie meine Hände zittern, mein ganzer Körper bebt, muss mich einen Augenblick hinlegen. Ins Schlafzimmer. Auf's Federbett. Sie haben's aber eilig runterzugehen. Angenommen, ich hab dieses Geräusch nur geträumt oder es war die Kleine mit ihrer Klapper. Und wenn die Schritte, die auf der Treppe hallten, doch aus dem Schlafzimmer kamen und ich hab gedacht, sie kämen aus dem Keller, man kann sich ja irren. Hören Sie, wie mein Herz schlägt, nicht mal der geizigen Kaninchenverkäuferin wünsch ich auf den Hals, dass sie ohne Mann in einem solchen Haus leben muss. Mit einem Mann ist das was andres. Ich brauch bloß Ihren Arm zu berühren und schon werden meine Hände ganz ruhig.

Sie wollen lieber, dass wir im Keller anfangen? Das mit dem Schlafzimmer muss untersucht werden. Wir könnten das zuerst erledigen. Wir würden überall nachschauen, auch in der Mansarde; ein Blick aus dem Dachfenster und Sie werden feststellen, dass die Gegend hier ruhig ist, keiner kriegt mit, was bei mir los ist, Sie müssen nicht denken, dass die Nachbarn ganz hinten an der Wiese Sie da oben sehen können, die Vorhänge sind zugezogen, das Zimmer duftet nach Lavendel, den ich immer zwischen die Laken stecke. Aber Sie wollen lieber in den Keller. Eine Treppe muss man hinab steigen, schreckt Sie das? Kein Wunder, bei der Wampe, die Sie mit sich rumschleppen. Mit Verlaub. Wie Sie

115

wollen, gehen wir hinunter. Sie zuerst. Das ist schließlich Ihr Beruf, tapfer sein und eine unglückliche Frau und ihr Kind beschützen, das nichts hört, leider, ich hab die Vier-Uhr-Milch aufgesetzt, auf kleinster Flamme aber man weiß ja nie. Beeilen wir uns, worauf warten Sie. Ihr Besuch, Herr Gendarm, das nenn ich wahres Heldentum. Und zum Dank würd ich Sie gern küssen aber kein Grund zur Panik von wegen Amt und Würden. Es gibt Frauen, wohlgemerkt, die hätten Ihnen schon die Augen ausgekratzt. Was mir Kummer macht, ist Ihre fixe Idee, arme Kerle einzukassieren; eine Angewohnheit der Barbaren, von unzivilisierten Leuten, wo wir doch jetzt die Demokratie haben; reden wir lieber nicht von Gerechtigkeit, es sind sowieso immer die Gleichen, die im Knast verrotten.

Fertig? Gut, also da entlang. Die Treppe führt von der Abstellkammer aus nach unten. Man muss genau wissen wo und dann die Falltür hochheben. Lassen Sie mich mal.

Achtung, die Stufen sind glitschig. Und es geht steil um die Kurve. Gut, ich mach's mal auf, einen Moment. Das Schloss hakt etwas. Und dann die Dunkelheit seien Sie vorsichtig.

Die Tür knarrt. Er ist hinein gegangen. Er tastet sich langsam vorwärts, im Strahl seiner Stablampe werden Schatten lebendig. Sie ist zurückgeblieben, hat die Schwelle nicht überschritten. Sie tritt bis zum Treppenabsatz zurück zieht die Tür zu, legt den Riegel vor schließt zweimal um. Sie geht die Treppe hinauf. Klappt die Falltür zu, schiebt den Brotschrank darüber. Vom Hof aus streckt ihr die Kleine die Arme entgegen, glücklich, lachend, mit roten Backen. In der Küche riecht es nach verbrannter Milch.

Gestern war Sonntag. Heute ist Montag. Sonntag oder Montag, das macht keinen großen Unterschied. Jetzt nicht mehr. Früher schon.

Früher gingen die Kinder am Montagmorgen wieder zur Schule. Welche Erleichterung. Das war gut.

Am Sonntag hatte es mit großer Ausgelassenheit begonnen. Mit der Hoffnung auf dolce farniente. Einen ganzen Tag unbeschwertes Faulenzen. Für die anderen, nicht für sie. Sie, kaum aus dem Bett, hastete ins Bad (er noch in die Decken gewickelt, die er die ganze Nacht zu sich herüber gezogen hatte). Sie, in fieberhafter Eile, um vor dem Ansturm der Spätaufsteher auf dem Markt zu sein, die Liste meine Tasche mein Korb, Mama ich finde meine Socke nicht Mama er ärgert mich er kneift mich Mama ich hab' dein *Rêve exotique* umgeschüttet sie ist schuld sie hat mich geschubst, bitte, Mama, können wir uns einen kleinen Schokoladenpudding machen? Nein ja nein hört auf zu streiten oder ich werde böse hört ihr. Nein barfuß nehm' ich dich nicht mit, Pech gehabt, es wird dir eine Lehre sein. Und das erbleichende, zornige Kind, finsterer Blick unter dem Pony, stolz und frech, ich wollte auch gar nicht mehr mit.

Damals schon das Heft. Ein altes Aufgaben-heft. Auf den Einband war mit leichter Hand ein Fries aus roten und blauen Kreisen und Dreiecken gezeichnet. Rechts oben hatte die Älteste, Josie, ih-ren Namen und ihre Adresse geschrieben und dar-unter *4. Klasse.*

Wenn sie heimkam, beladen wie ein Esel (dummer Packesel sagte ihre Mutter immer, wenn sie an ihre eigenen Sklavenjahre zurückdachte), herrschte im Haus eindrucksvolle Stille, in der Kü-che roch es angebrannt, der Pudding klebte unten im Topf, dein neuer dingsda-beschichteter Email-topf ist einen Dreck wert aber schau, wir haben ihn eingeweicht. Durch die Zimmer war ein Zyklon ge-rast. Die Kinder waren wohlweislich in ein Domi-no-Turnier vertieft. Der Vater war ins Café du Commerce gegangen, um seine Zeitung zu lesen.

Montagmorgens ist es ruhig im Café. Kein Wunder, alle Welt ist bei der Arbeit. Außer den Rentnern und Arbeitslosen. Und einer Mutter, die nicht so ist wie die normalen Mütter, die geschäf-tig ihre Wohnung putzen, eine Mutter, die einfach dasitzt, untätig. Wozu eine Wohnung putzen, die niemand mehr dreckig macht.

Die niemand mehr mit Lärm und Wutaus-
brüchen erfüllt. Die großen Sonntagskräche, Mama
er hat Scheiße gesagt ist nicht wahr das denkt sie
sich aus bist du bald fertig mit der ständigen
Scheißlügerei, da, er hat's schon wieder gesagt. Und
der Junge mit geballten Fäusten, ich bring' sie um,
die blöde Gans. In solchen Fällen flehte sie, Nicolas, oh mein Liebling. Deine Schwester. Schämst du
dich nicht? Auch Lachanfälle gab es.

Jetzt ist es an ihr, sich zu schämen, weil sie ihre alten Sehnsüchte ins Café du Commerce
schleppt, ihre Erinnerungen zu ertränken versucht.
Mit Rum. Erst ein Glas, dann noch eins. Warum
sind sie denn nur weggegangen. Zuerst er, der ent-
eignete Vater. Als er sein Territorium mehr und
mehr schrumpfen sah, jeden Tag eine weitere Par-
zelle von den Barbaren annektiert. ‚Deine' Gören
sagte er, ‚dein' Sohn. ‚Deine' Töchter, könntest du
nicht, ich hab' genug. Er ist geflohen. Am Abend
vor seinem Geburtstag. Sie hatte ihm ein Feuerzeug
gekauft, es gut sichtbar auf das Tischchen im
Wohnzimmer zwischen den Marmoraschenbecher
und die blaue Vase gestellt. Das Feuerzeug ist noch
da, seit fünfzehn Jahren, vor fünfzehn Jahren war es
der letzte Schrei. Die Kinder haben sich kaum ge-
wundert. Wo ist Papa? Kommt er bald nach Hau-

se? Und als sie murmelte, dass er nicht wiederkommen würde, haben sie gesagt, aha. Sie haben gesagt, na gut. Und dann, aha, na gut. Die Jüngste sagte noch, wirklich? Und ohne die Antwort abzuwarten, griff sie wieder nach ihrem Füller, schluderte ihre Lateinarbeit hin. Eine zwölfjährige Martha, die noch nicht beschlossen hatte, nach Vollkommenheit zu streben. Auch weggegangen. Erst die beiden anderen, dann sie. Dabei gibt's so viele allein lebende Frauen, die jeden Sonntag ihre Kinder da haben, sie mit Krabbencocktail, mit Braten, mit Zitronenkuchen voll stopfen. Montags früh aufstehen für den Großputz, ganz gerührt, ein Land wiederzuentdecken, in dem die Hunnen gehaust haben.

Die Hunnen sind fort, sie sind ihres Weges gezogen, anderswo sesshaft geworden. Der eine in Bristol. (So eine Schnapsidee, ihn jeden Sommer zum Sprachaufenthalt nach England zu schicken, und wenn er zurückkam, war man jedes Mal hingerissen von seinem Public-school-Akzent.) Hello Mummy. Und jetzt Ted, der Sohn von Nicolas: Hey Granny. Spricht nicht französisch. Josie in der Provinz. Examen in Geisteswissenschaften, Grammatik-Spezialistin. Martha schließlich, die Kleine, die nur ein paar Kilometer weiter wohnt und doch am weitesten weg ist. Martha – auch das noch – ist ins

Kloster gegangen. Mama ich bete für dich. Für Papa auch weißt du. Mama, wenn er wiederkommt, musst du — . Natürlich bin ich glücklich, ich hab' mich immer berufen gefühlt. Schau, was ich an den Sonntagen meiner Kindheit liebte, war die Messe, das Wunder der Eucharistie. Alles übrige fand ich langweilig, sinnlos. Die üblichen Beschäftigungen. Die herkömmlichen Vergnügungen. Mir erschien das so was von trostlos —

Trostlos das Festmahl? Das Pavlova-Dessert nach Art des Hauses, strotzend vor Schlagsahne? Der Spaziergang am Wasser. Das Monopoly (da, ich zahl' bar und mach' dir einen guten Preis, aus reiner Nächstenliebe, nur um dir aus der Patsche zu helfen). Das Vorlesen aus *Babar,* zur großen Freude der beiden Älteren, jetzt wieder versöhnt, aneinandergekuschelt, und Martha daumenlutschend im weichen Babykorb. Später *Wolfsblut, Ivanhoe,* drei Kinder auf dem Sofa, immer stößt sie mir den Ellbogen ins Auge, oh ich höre sofort auf wenn ihr wieder anfangt zu streiten. Im übrigen ist das Kapitel zu Ende, alle ins Bett jetzt. Nein, noch nicht es ist Sonntag. Genau, morgen ist Schule. Gut, wir gehen ins Bett, wenn du das Nachtlicht anlässt. Bitte, kommst du noch mal zum Gutenachtsagen? Die in die Runde verteilten Küsschen. Das zärtliche Ritual. Auch trostlos?

Einen Rum bitte. Bei ihr brennt das Nachtlicht die ganze Nacht. Ohne das Nachtlicht hat sie Angst. Weil Diebe eher bei alleinstehenden Frauen einbrechen. Beim Heimkommen am helllichten Nachmittag hat sie schon einmal eine Scheibe zerbrochen gefunden das Fenster offen die Schubladen der Kommode auf den Fußboden ausgekippt. Die verschmähten Schätze aus dem Schrank der Kinder waren über den Teppich verstreut. Die dünne, von einem Band zusammengehaltene Rolle das ist Nicolas' Freischwimmerurkunde, noch keine sieben war er. Und das Heft. Ein Aufgabenheft mit Daumenindex und mehreren Spalten, dessen karierte Blätter nur zur Hälfte beschrieben waren.

Das Heft, das am Ende des Schuljahrs noch nicht voll war, hat Josie – entdeckt man – als Tagebuch benutzt. Josie die Aufsässige die Eifersüchtige, du glaubst alles, was Nicolas sagt, der Kerl hat immer das letzte Wort. Und Martha ist dein Liebling. Die Jüngste, dein verwöhntes Baby. Ich zähle überhaupt nicht. Ich bin Luft. Ein feuchter Dreck. Ich könnt' sonstwas un's wär egal — Sie erstickte. Na na Liebes, sprich anständig und sei vernünftig. Aber Eifersucht hat mit Vernunft nichts zu tun.

Und das Heft. Ja, es war – in der Tat – sehr vernünftig, den weißen Rand unten auf der Seite zu

benutzen. Zu einer Zeit, als man schon vom Wald-
sterben sprach (keine Verschwendung, den Bäu-
men zuliebe). Das Heft, wiederverwendet und zum
Vertrauten geworden, ein erstes Tagebuch. *12. März:
Es regnet es ist grau es ist langweilig. 13. März: Es ist
nicht einfach, groß zu werden. Ich möchte weit weg
von hier wohnen. Ich kann meine Mutter nicht mehr
ertragen. Ich verstehe, warum mein Vater sie verlassen
hat.*

Josie. Josie, meine Taube, meine Gazelle, du
mir so Ähnliche, von mir Geopferte. Ach, wenn ich
dich nicht hätte. Du wirst mir helfen. Auf sie kann
man sich wenigstens verlassen. Ich frage mich, was
ohne dich aus mir würde. Erst ein strahlendes,
übersprudelndes Kind (Josie). Dann hat sich das
Gesicht verschlossen, verstockte Stirn, düsterer
Blick, was ist nur in sie gefahren? Wahrscheinlich
der Wunsch fortzugehen. Sie ist gegangen. Ziehen
wir dahin auf der Straße des Lebens leichten Herzens die Seele stolz und entzückt. Das war vorher,
das war die Zeit, als der erste, Nicolas, sie im Stich
ließ, sonntags mit den Pfadfindern loszog. Die
Mädchen spielten im Flur Federball. Schlank und
hübsch die eine, die ihre Mutter hasste, aber davon
wusste man damals noch nichts, und die andere, die
jeden Abend eine Stunde mit frommen Übungen

verbrachte. Mama, ich werde ins Kloster gehen. Na na, überleg doch mal, Martha. Ins Kloster. Dein Leben lang eingeschlossen. Das ganze Leben leichten Herzens die Seele stolz und entzückt. Und die Kleine, lächelnd, ihrer selbst gewiss: Die Liebe ist nie ein Gefängnis.

Ich bete für dich. Hello Mummy. *Ich kann meine Mutter nicht mehr ertragen.* Und die ruft jetzt an, wie geht es dir, Ma? Sprich lauter ja ich bins Josie ich komm' dich bald besuchen. Sobald ich das Grammatikbuch für die Vorbereitungsklassen an die Grandes Ecoles fertig habe. Ich arbeite schon so lange daran. Ich, die ich die Schule so hasste. Du die, sie die, ich die, wir die. Über den Gebrauch des Relativpronomens. Englisch: *Bis zur nächsten Woche die Passivformen und die Hilfsverben wiederholen.* Josie, ihren Groll vergessend, bat Nicolas um Hilfe. I can I can't ich kann ich kann nicht. *Ich kann meine Mutter nicht mehr ertragen.* Das Heft ist heil geblieben. Die Einbrecher haben nichts mitgenommen, sie haben nur die Schubladen ausgeleert, alles, was die Möbel enthielten, auf dem Teppichboden verstreut; aber es hat sie nichts interessiert.

Das alte Spielzeug, Nicolas hat gesagt, sie solle es wegwerfen oder verschenken. Er schreibt, wir hoffen, liebe Mama, dass Du mit uns Weihnachten feierst. Und ein ungelenkes Patschhändchen hat hinzugefügt: *Love from Ted.* Na siehst du, du bist nicht allein, sagt Martha hinter ihrem Gitter. Und im Geiste bin ich auch bei dir. Außerdem könntest du zu Josie, wenn du nicht so weit fahren willst. Ihr beide habt euch doch so gut verstanden. Martha lächelt. So gut, dass ich eifersüchtig war. Ich hätte heulen können. Und Nicolas auch.

Irrungen und Wirrungen. Ungeschicklichkeiten. Missgriffe. Lieben ist zu schwer. Einen Rum bitte. Danke. Erinnerungen lose und in Fetzen. Ein aufgeschlitzter Bär. Spielzeugautos. Ein altes Aufgabenheft. Alles in einem Schrank verstaut. Du solltest ihn ausräumen, hat Josie gemeint, als sie letzten Sommer da war. Erinnerungen sind Ballast. Kurzes Schweigen. Entschieden hat sie hinzugefügt, man muss imstande sein, ein neues Blatt aufzuschlagen.

Auf der linken Seite: *Für Montag die Kongruenz der Partizipien.* Auf der rechten Seite: *Ich kann meine Mutter nicht mehr ertragen.* Die Buchstaben sind mit solchem Druck geschrieben, dass sie ins Papier eingraviert scheinen; und wenn man die Seite umschlägt, entdeckt man die Inschrift: *Ich kann meine Mutter nicht mehr ertragen.*

Noch ein Gläschen im Café du Commerce, und es wird ein zärtliches Geständnis daraus: *Meine Mutter lieb' ich sehr,* unsinnigerweise in eine Geheimsprache übersetzt.

# Seife aus Paris

Es waren drei kleine Dosen, fein zurechtgelegt in einem Schmuckkarton. Drei rosa Schächtelchen, jeder Deckel mit einer Vignette verziert: der Eiffel-turm, die Oper, Sacré-Cœur am Montmartre. Darin drei kleine zartrosafarbene Seifen.

Du warst zwölf Jahre alt. Du hast dich nicht gern gewaschen. Deine Mutter hob deine Haare hoch und zog den Kragen deiner Bluse herunter. Zeichnete mit dem Finger die Grenze zwischen sau-ber und grau nach. Gab dir keine Schokolade.

Nein, ich übertreibe. Das waren Zeiten ohne Schokolade. Vier-Uhr-Schokolade, die gab's nur in Kindergeschichten, die vom Krieg nichts wissen.

Deine Mutter beteuerte, dass sie während des anderen großen Krieges nur trockenes Brot zu bei-ßen gehabt hätte.

Zeiten ohne Schokolade. Und ohne Seife. Die nur schlecht ersetzt wurde durch ein merkwürdiges Produkt aus Efeublättern, das kaum schäumte. Hätte allerdings genügt, den Schmutz an deinem Hals zu entfernen. Die Demarkationslinie fortzu-wischen zwischen der täglich befeuchteten Zone (wasch dir die Hände und das Gesicht) und dem übrigen Körper, den Fernande – das Dienstmädchen – einmal wöchentlich bearbeitete, nachdem sie dich gezwungen hatte, in einer Zinkwanne mit gerade mal lauwarmem Wasser niederzuhocken. Der Ersatz aus Efeu roch ranzig.

Den Karton mit den drei Stücken SEIFE AUS PARIS (so war auf deutsch auf dem Deckel zu lesen) hast du angeschaut wie ein Geschenk des Himmels. Nachdem dein Onkel das Päckchen Maryse – deiner Mutter – gegeben, sie es genommen und geöffnet hatte und sie dich die Dosen bewundern ließ (die Seife darin interessierte dich weniger als die Verpackung), hast du leise gesagt, Ist das fein.

Vor Aufregung herumhüpfend fragtest du, Onkel Jean, kommt das vom Schwarzen Markt?

Der Schwarzmarkt war für dich so etwas wie ein großes Warenhaus in der Art von Samar oder Manufrance.

Einen Augenblick schaute dein Onkel Jean verlegen drein. Deine Mutter sagte, Schweig Irène. Und fügte wie gewöhnlich hinzu, Gut erzogene Kinder hört man nicht.

Du warst ein gut erzogenes kleines Mädchen. Das nicht die Ellbogen auf den Tisch stützte. Das zur Kirche und zum Anstandsunterricht ging. Man brachte dir bei, dich gerade zu halten, die Schultern locker das Kinn hoch ohne Überheblichkeit, man brachte dir bei, vor dem roten Licht des Heiligen Sakraments einen Knicks zu machen und auch (in einer nur angedeuteten Bewegung) zur Begrüßung der Freundinnen deiner Mutter, die im Salon zusammen saßen und Kräutertee tranken.

Von deinem bekümmerten Gesicht gerührt zwinkerte dir dein Onkel zu, fasste deine Hand und sagte, Schimpfen Sie nicht mit ihr, Maryse. Sie ist doch noch ein kleines Mädchen.

Klein. Ja. Klein aber schon verliebt. Wahnsinnig. In ihn. In Onkel Jean.

Nicht wahr?

Dein Vater war im Stalag. Sein jüngerer Bruder übernahm es, deine Mutter mit Lebensmitteln zu versorgen, mit Tabak mit Wolle. Und Bindfaden für die Pakete. Onkel Jean, der im Juli '40 eigentlich an die Front gemusst hätte. Im Juni war der Waffenstillstand unterzeichnet worden.

Du liebtest ihn. Diesen charmanten Onkel. Du dachtest nur an ihn. Abends hast du dem Kopfkissen deine Leidenschaft gestanden. Sagtest immer wieder, Ich liebe dich ich liebe dich. Schlugst dabei leicht mit dem Kopf an die Stäbe des Betts. So, dass es nicht allzu weh tat.

Jean. Du liebtest ihn.

In Gegenwart deiner Mutter nanntest du ihn Onkel Jean. Aber in deinen Träumen sagtest du Jean. Und wenn du einen Augenblick mit ihm allein warst, hast du dein langes offenes Haar geschüttelt und ihn mit zitternder Stimme gebeten, Jean, würdest du mir meine Schleife binden?

Er war schön. Du wünschtest dir, dass er dich eines Tages auf den Mund küssen würde.

Du wolltest sterben für ihn.


Manchmal sagte deine Mutter, du müsstest lernen, mehr auf Sauberkeit zu achten.

Jean legte seinen Arm um deine Schultern. Wissen Sie, Maryse, in ihrem Alter hatte ich auch keine Lust mich zu waschen. Und noch weniger mir die Zähne zu putzen.

Er hatte herrliche Zähne. Das Strahlen seines Lächelns hast du nicht vergessen.

An jenem Tag lächelte er deiner Mutter zu, teilte ihr im Vertrauen mit, Ich habe die Person getroffen, die ich gesucht habe. Jetzt sei er sicher, André – dein Vater – würde bald aus dem Stalag zurückkehren. Man würde gesundheitliche Gründe vorgeben, erklärte er.

Er gebrauchte immer Wendungen dieser Art. »Die Person, die ich suchte«, »ein Freund mit guten Beziehungen«.

Und dann wandte er sich zu dir um. Er sagte, Oh mein Liebes, wie gut du heute riechst.

Er erkannte den Duft seiner Seife aus Paris wieder.

Du hast geseufzt. Du machtest dir keine Illusionen. Onkel Jean empfand für dich nur die Zuneigung eines älteren Bruders. Oder eines Ersatzvaters. Du erwartetest vom Leben das, was die Demoiselles in den dummen Groschenromanen erwarten, die dir deine Freundinnen zu lesen gaben, Erregungen Aufwallungen Extasen und am Ende die Liebe des heftig begehrten schlanken, kraftvollen Mannes, der in seinen Reichtum verheißenden Glencheck-Anzügen eine schlichte Eleganz ausstrahlte.

Aber du machtest dir nichts aus Reichtum und Macht. Zumindest glaubtest du das. Doch hast du munter deinen Teil der Lebensmittel verputzt, die Onkel Jean herbeischaffte. Die ihm seine Freunde »mit den guten Beziehungen« besorgt hatten.

Du wurdest größer. Du warst gerade in die Untertertia gekommen. In einer Privatschule. Der Schultag begann mit einer moralischen Unterweisung.

Erschien die Direktorin zu ihrer täglichen Inspektion, erhoben sich alle Schülerinnen gleichzeitig und still. Sobald Madame ihre kurze Rede über die Tugenden der Arbeit, die Bedeutung der Familie und die Liebe zum Vaterland beendet hatte, stimmten dreißig jugendliche Stimmen das Lied *Maréchal nous voilà* an. Deine Lehrerin hatte ein Gesicht geschnitten, als die Anweisung kam, die Einübung dieses Lieds auf den Unterrichtsplan zu setzen, und sie hatte über eine arge Kehlkopfentzündung geklagt. Während die Lehrerin der Nachbarklasse einen Streifen Packpapier, auf den mit chinesischer Tusche Notenlinien gezogen waren, an die Wände gehängt hatte, wo die Noten des Refrains e-d-g / e-f-g, verziert von schönen mit einer Schablone gemalten Blumen, tanzten.

Das hier erfinde ich nicht. Du selbst hast es mir erzählt.

Und dass deine Lehrerin manchmal Äußerungen machte, die dir seltsam vorkamen. Sie sagte, Radio-Paris lügt.

Dann hat sie noch gesagt, eines Morgens, als sie ihre Anwesenheitsliste aufschlug, Eure Kameradin Louise Cohen ist heute nicht bei uns und wird auch morgen nicht kommen. Nach einem Schweigen hat sie hinzugefügt, Denkt an sie, meine Kinder.

Bei Tisch, an jenem Abend, warst du trübsinnig. Deine Mutter wunderte sich über dein trauriges Gesicht, du erzähltest, und auch dein Onkel Jean hörte zu, dass Louise – ein Mädchen aus deiner Klasse, von Beginn an deine beste Freundin – die Schule verlassen habe, ohne dir Auf Wiedersehen zu sagen. Maryse erwiderte sehr schnell, dass sie sicher zu ihrer Großmutter aufs Land gefahren sei. Onkel Jean hat dir zugesehen, wie du deine Tränen mit dem tintenbeklecksten Taschentuch fortgewischt hast, und ruhig ergänzt, Um frische Milch zu trinken und gute Luft zu atmen.

Bald danach war es Anne-Lise Frankel, die aufs Land fuhr. Und dann Sarah Blumenthal.

Trotz des Beistands der Freunde »mit den guten Beziehungen« kam dein Vater nicht zurück. Während Onkel Jean seine Anstrengungen noch einmal vergrößerte, dass die mysteriösen Personen, die er gesucht und gefunden hatte, ihren Einfluss geltend machen mögen, starb sein Bruder André im Stalag an einer Blinddarmentzündung. Maryse bekam eines Tages die offizielle Mitteilung. Das Unglück hat sie zerbrochen. Sagst du. Und dass du keine tröstenden Worte wusstest. Was konntest du für deine Mutter tun, die so in ihrem Kummer vergraben war? Nichts, eigentlich. Und für deinen Vater?

Ihn in deine Gebete einschließen. Du hattest nur noch Onkel Jean, dem du deine ganze überschüssige Liebe schenken konntest.

Es war der Abend vor Ostern und du warst beichten gegangen, als du den jungen Mann trafst, der Hunger hatte. Seit langem hatte ich nichts mehr gegessen. Ich war auf der Suche nach einem Versteck.

Du warst unbefangen, ohne Angst und ohne Übermut; in der Stimmung, deine guten Vorsätze für die Fastenzeit gleich wahr zu machen, hast du mir die Kellertür geöffnet. Du hast mir eine Decke gebracht. Und außerdem, in einer großen braunen Papiertüte, Brot und eine Scheibe Roastbeef. Ein besonders gutes Stück. Wie man es in den Läden nicht mehr sah. Du hattest ein bisschen Butter auf das Brot gestrichen.

Dann holtest du eine kleine rosa Dose aus deiner Tasche. Auf dem Deckel ein goldfarbenes Bild, Sacré-Cœur am Montmartre. Du sagtest, Das ist nichts zu essen, das ist Seife. Du sagtest, Die verwahre ich schon zwei Jahre, ich habe sie kaum benutzt, nehmen Sie sie, Sie können sie wirklich brauchen, Wasser ist im Verschlag unter der Treppe. Da wo dein Vater früher seine Fotos entwickelt hatte. Ich hielt die mit Zelluloid beschichtete Dose fest umschlossen, auf der ich die Wärme deiner Hand fühlte. SEIFE AUS PARIS.

Du führtest mich bis zur Dunkelkammer. Dort waren noch Schalen und Flaschen mit Etiketten daran (Schwefelhydroxid, Silbernitrat, Eisenzyanid). Und auf einer wackligen Kommode einige Fotos mit umgeknickten Ecken. Du hast mir das Portrait deines Vaters gezeigt, das Bild war unscharf. Und dann hast du mir Onkel Jean vorgestellt. Du sagtest, Die Aufnahme wurde kurz vor dem Krieg gemacht, jetzt, da er ein wenig älter ist, ist er noch schöner. Dieses Foto war scharf. Ich sah das Gesicht eines jungen Mannes, breite Stirn, schmale Lippen, kantiges Kinn. Helle Augen, trotz der blassen Iris ein seltsam eindringlicher Blick. Ein faszinierender Blick. Ich wiederholte, Das also ist dein Onkel. Du sagtest, dass er mir helfen würde, wenn ich Schwierigkeiten mit der Polizei hätte, das wäre leicht für ihn, er kenne Leute »mit guten Beziehungen«.

Ich merkte, du hattest nichts begriffen.

Ich bin nur eine Nacht in dem Keller geblieben. Am nächsten Morgen verließ ich meinen Unterschlupf, ich musste einen Kontakt herstellen, eine dringende Nachricht überbringen. Ein letztes Mal schaute ich mir im Verschlag unter der Treppe die vergilb-

ten Fotos an, deinen Vater, nicht mehr als ein Schatten, dich kleines Mädchen mit Zöpfen. Und dann
Jean. Deinen Onkel Jean. Den so verführerischen
jungen Mann, sich seiner selbst, seines Charms sicher. Sicher, immer im Recht zu sein.

Ich erfinde ein bisschen dazu. Nicht zu viel.
All die Jahre habe ich gehört, was deine Mutter sagte. Und die anderen. Ich habe auch dein Schweigen
gehört. Denn über all das hast du nie ein Wort gesprochen.

An jenem Morgen, als ich dich verließ – du
hattest mir ein paar Vorräte in meine Tasche gesteckt und machtest mir die Tür zur Straße auf –
habe ich geflüstert, Mund halten, klar? Du nicktest.
Ich fügte hinzu, Dein Mund ist schön. Ich nahm
dich in meine Arme. Meine Lippen berührten deine Lippen, aber du bist schnell entschlüpft. Nein,
du würdest deine große Liebe nicht verraten. Vielleicht bist du auch vor meinem Tiergeruch zurückgewichen. Die Seife nahm ich in meiner Hosenta-
sche mit. Gewaschen hatte ich mich nicht.

Ich bin fortgegangen, stoppelig dreckig verwirrt. Bin zu den Kameraden gestoßen. Ließ mich
von Missionen und Verfolgungen herumtreiben.
Und von Sprengstoffanschlägen. Du warst in deiner Privatschule, mit lateinischen Übersetzungen

und Algebraaufgaben beschäftigt. Wolltest nicht an deine Mitschülerinnen denken, deren Namen nicht mehr auf der Anwesenheitsliste standen. Die man an die gute Luft geschickt hatte. Die Levys. Die Steins. Die Blumenthals.

Dass ich eines Tages zurückgekommen bin, liegt daran, dass dein Mund nach Früchten schmeckte. Was ich nicht vergessen hatte, als wieder Zeit für die Liebe da war.

Aber viel früher bereits, eines Sommerabends im Wald von Compiègne (alles tanzte und sang im befreiten Paris), als Burschen mit Gewehren jenen jungen Mann mit angespanntem Gesicht, breiter Stirn und verkrampftem Lächeln auf die Lichtung trieben, da habe ich ihn sofort erkannt. Sie hatten ihm die Hände gefesselt.

Ich sagte, He Leute

Sie horchten auf, sie warteten und ich verharrte in Schweigen. Daraufhin erklärte einer von ihnen – unerbittlich und feierlich bei der Sache, einer Sache, die vielleicht nichts weiter als ein barbarisches Spiel war – Todesurteil. Gemäß Artikel 75 des Strafgesetzbuches. Verbindung zum Feind.

Ich sagte, Aber

Ich sagte, Was

Ich sagte nichts mehr.

Jean hat den Kopf nicht gesenkt.

Ich weiß nicht, wer geschossen hat.

Als ich dich wiedersah, blass, den Blick in die Ferne gerichtet, hatte dein Mund noch den selben Himbeergeschmack.

Über diese Momente im Wald, die nun schon fünfzehn Jahre her sind, habe ich nie gesprochen, aber manchmal erzähle ich dir davon ohne Worte, berühre deine Schulter, streichle über deine Haare oder deine Wange, so wie heute Abend, da du am Tisch sitzt und dich zu unserem kleinen Sohn hinabbeugst, ihm hilfst, seine Seite fertig zu schreiben.

Jean ist ein ruhiges und eifriges Kind.

Gleich nach seiner Geburt hast du nur kurz lächelnd gesagt, dass du ihn gern Jean nennen würdest.

Dass Jean keiner Mode unterworfen sei und leicht zu tragen.

*Milde der Luft und durch das halboffene Fens*
*der roten Schreibunterlage. Dieser Brief, liebe Ar*
*gnügen, von Dir zu hören, und beruhigt Dich in*
*nichts vollkommen verschwinden kann. So habe*
*Bedauern und Qualen, doch will ich mich nich*
*Dir all meine trüben Gedanken aufzubürden,*
*Erinnerungen, denn man kann nie zweifelsfr*

Haben Sie Bertrand nicht gesehen?

Er, der Jüngste. Sechzehn Jahre alt. Schmal.
Blass. Als erster auf. Stellt die Frage früher als vorgesehen. Das Weiß der Morgendämmerung vor den
Scheiben. Während man gerade noch Zeit gehabt
hatte, die Losung auszugeben: Bertrand ist wieder
nach Hause gefahren. Bertrand geht es weder besser
noch schlechter, aber seine Eltern haben beschlossen
– das ist ihr Recht –, ihn nach Hause zu holen. Seine Eltern, die übrigens daran denken – kurzes
Zögern –, ihn für den Sommer nach — Und er, die
Stirn runzelnd, wie betäubt, ungläubig, plötzlich
schreiend, nein das ist unmöglich er hätte es mir ge-

sagt, wir haben gestern miteinander gesprochen, er sagte, er sei müde, bei ihm würde es noch sehr lange brauchen. Und fügt hinzu, dann hätten sie Schach gespielt. Entdeckt jedoch, bestürzt über das verschlossene Gesicht, die geschäftigen Gesten, dass diese Frau, gewöhnlich so freigebig mit beschwichtigenden Worten, heute zu schweigen beschlossen hat, sogar gereizt seufzend die Achseln zuckt, sie, deren Geduld man für unerschöpflich hielt. Er, stolpert über die Stufe, läuft durch den Flur, atemlos vor Empörung. Bleibt vor dem Schreibtisch der anderen stehen, die aufrecht und ungerührt in ihrem Arbeitszimmer sitzt, sie, die über die Station herrscht, so fern wie im Innern einer Festung, zurückgezogen hinter die durchsichtigen Wände eines streng verbotenen Reichs, in das er an diesem Morgen dennoch eindringt, mit solchem Ungestüm, dass er zuerst mit dem Fuß, dann mit dem Knie gegen den Mahagonitisch stößt, und schreit – zu schreien meint, während seine Stimme nur ein Flüstern ist: Haben Sie Bertrand nicht gesehen?

Sie, doppelt so alt wie die Sanfte, doppelt so geschickt im Verstellen, in ruhigem Ton, nicht unwirsch, ich habe dir doch schon gesagt — Die vielleicht noch ein paar Erklärungen hinzufügt, die sie für überzeugend hält: Sie sind mit dem Auto gekommen, haben die Milde dieser Nacht genutzt. Oder vielleicht hat er sich diese Einzelheiten später ausgedacht, sich auch nur eingebildet, sie habe ihm dann geraten, geh frühstücken, wenn du nicht isst, wie willst du —

Und dann. Der Nachmittag. Der Himmel klar. Jene schneidende Luft, die man mit einer Grimasse einzieht, als ob man in eine Zitrone beißt. Glitzerndes Blau des Schnees und das tiefe Blau der Zedern. Auf der Terrasse die eingemummten Gäste, die über ihre Schlaflosigkeit, über die Angst reden, die in den langen Stunden der Nacht quälender wird. Vom Fieber wachgehalten, haben sie es alle gehört, doch als er zu ihnen kommt, er, der Jüngste – was für ein Jammer, in seinem Alter hier zu sein, aber es geht ihm besser, nicht wahr –, schweigen sie, sie setzen wohlwollende Gesichter auf, sie denken sich hastig harmlose Antworten aus. Während er gar nichts fragt. Ermattet von seinem einmaligen, zweimaligen Protest, sich gegen das Unglaubliche sträubend, Bertrand ohne Abschied gegangen, ohne ein Zeichen geheimen Einverständnisses, der gebieterische, zärtliche Bertrand – hab keine Angst, ich schließe ab, das ist verboten, mir egal –, der immer neue Paradiese versprach. Nichts scheint sich verändert zu haben: säuberlich

aufgereihte Liegestühle auf der Terrasse, der lär-
chenbestandenen Schattenseite des Hangs gegenüber, zerklüftete Zeichnung der Gipfel, für Augen-
blicke vom Schatten einer Wolke verwischt, ein
schwarzer Vogel zerreißt den leuchtenden Samt des
Himmels. Bald wird die Glocke läuten zum Ves-
pern im Speisesaal, der auf die Wiese hinausgeht.
Gestern um diese Zeit hat Bertrand gesagt, ich geh'
auf mein Zimmer, ich bin sehr müde. Was ihn dann
nicht gehindert hat, eine Partie Schach zu spielen
und zu gewinnen. In die Revanche hat er eingewil-
ligt. Doch für die anderen Spiele, hat er gestanden,
für die nächtlichen Wonnen fühle er sich zu erschöpft. Er hat gesagt, aber du kommst morgen,
nicht wahr, du kommst, versprich es, morgen
Abend, wenn sie mit ihrer Runde fertig ist.

*Natürlich wusste ich und Du auch. Im Übri*
*nichts Überraschendes, wenn man bedenkt, d*
*Begehren schürt. Und so war es denn ein Mo*
*Angst, oder sie zumindest zu bändigen, wenn*
*mit dieser Furcht, jetzt bin ich es, die ihr zum*
*viele Wunden sich schließen. Bis dahin werde i*
*so schwierig wäre. So wird es für mich notwe*
*stehen, in welchem Maß verwundbar ich war.*
*sich schließlich alles regeln würde.*

144

Haben Sie Bertrand nicht gesehen?

Er, der kraftlos durch die Flure streift. Es für eine Weile aufgegeben hat, die Frage zu stellen, doch plötzlich kommt sie ihm wieder auf die Lippen. Und er, der dieser Frau, der Älteren, die Stirn bietet, doch sie, über ihre Zettel und Kurven gebeugt, kaum den Kopf hebend, sagt, dass sie ihm schon zwanzigmal geantwortet hat: Bertrand ist nach Hause zurückgekehrt. Dann ist es die Junge, die Sanfte mit dem zärtlichen Blick und dem fast kindlichen Gesicht, die mit dünner Stimme erklärt, es sei so schnell gegangen. Ein Anruf. Und schon mussten der Koffer gepackt, die Entlassungspapiere fertig gemacht werden. Und er, der jetzt still ist. Sich verworren eine beruhigende Szene zurechtlegt: Der Wagen, der beim Wirtschaftstrakt hält, damit der Motorenlärm nachher beim Anfahren die Gäste nicht weckt. Das Gepäck, das man in den Kofferraum lädt. Bertrand, der aus seinem Zimmer herunterkommt, warm angezogen, über den Schultern die leichte, warme Angoradecke, die er Monate zuvor ins Sanatorium mitgebracht hatte. Bertrand am Arm seines Vaters, der – nehmen wir an – groß und beleibt ist, der ihn stützt, mit zu viel Fürsorglichkeit aufmuntert. In zehn Minuten und völlig lautlos ist das geschehen. Und er, der beschließt, das verstohlene Huschen von Leinenschuhen im Flur, das leise Rollen des Karrens auf seinen Gummirädern geträumt zu haben.

Erzählt später – viel später –, dass er in aller Frühe in Bertrands Zimmer gewesen ist. Leicht an die Tür geklopft und sie ohne zu warten geöffnet hat. Auf der Schwelle stehen geblieben ist. Das mit einem weißen Leintuch bespannte Bett ansah. Der Nachttisch war an die Wand geschoben, und das Schachspiel, das Buch, die Mineralwasserflasche, das Pillendöschen waren verschwunden. Einen Moment lang ist er in dem vollkommen anonym gewordenen Zimmer geblieben, wie am Rande des Abgrunds. Nur einen winzigen Überrest auf dem Linol hat er gefunden, ein getrocknetes Buchsblatt.

*In der ersten Zeit hatte ich geglaubt, es würde schöne Leidenschaft der Nächstenliebe, sich hinz schlicht und großmütig. Und hätte man mir gesag war auch eine Art, den Körper zu pflegen, denn das Leben genug zu lieben. In mir herrschte ei das ich mit Dir zu teilen wünschte.*

Noch später erinnert er sich, erzählt vom Geruch der Luft, erzählt von den hauchdünnen Eisnadeln, die die Schuppen der Pinienzapfen mit einem glitzernden Saum umgeben, erzählt – vom Einzelnen zum Ganzen kommend – vom schroffen Wechsel der Gipfel und Schluchten, von der dunklen Weite der reglosen Wälder, – und wieder zurück – von den winzigen, eisüberzogenen Wasserpfützen der Fußspuren, die den Pfad zum Sommerpavillon mit Sternen besäten, sagt, dass es ihm besser gehe, seine Lungen heilten, man sah es an den Grautönen der Röntgenaufnahme, es ging ihm besser, verkündeten die Untersuchungsergebnisse mit soundsoviel Tausend Blutkörperchen. Schon war er nicht mehr zu den endlosen Liegekuren verurteilt, eine Vergünstigung, die er ohne große Begeisterung hinnahm. Mit sechzehn Jahren ernüchtert. Gefangen, in den Schmerz einer Frage eingeschlossen, die unbeantwortet bleiben würde.

Erzählt dann, dass er eines Tages gegangen ist, den Vorplatz überquert hat, ohne sich umzudrehen, doch dass beide, die Sanfte und die Strenge, bis zur Freitreppe mitgegangen sind und dass es ihm nicht leicht gefallen ist, sich zu bedanken, mit zugeschnürter Kehle, dabei sollte es doch ein Abschied sein, denn er war, wie man sagte, geheilt. Ohne einen Blick für das September-Gesträuch, für die Wiesen voller Herbstzeitlose, reglos im Taxi, die Augen starr auf den Nacken des Fahrers gerichtet,

der ihn zum Bahnhof brachte. Hatte dringend gebeten, dass ihn niemand im Sanatorium abholte,
dass man einfach am Bahnhof sein sollte, wenn sein
Zug ankam. Ein blasser junger Mann, der bald siebzehn würde und sich fragte, was er mit all den plötzlich geschenkten Jahren anfangen sollte, ein Er-
wachsenenleben, merkwürdiges Geschenk, das ihm
nichts mehr bedeutete. Ein in Gedanken versunke-
ner junger Mann, voller Angst vielleicht. Fand sie
alle auf dem Bahnsteig versammelt, um ihn zu emp-
fangen, ihn – den verlorenen Sohn – nach Hause zu
bringen. Die Eltern die Onkel und die Tanten, die
Cousins – Jungen und Mädchen (Gelächter, Küs-
se, Geplauder), die ihn nicht verstehen konnten, die
nicht Tag für Tag – und so viele viele Tage lang –
das unmögliche Weiß des Firns in der Schlucht
wiederentdeckt, die nicht hundertmal ein Taschentuch an die Lippen geführt hatten in der (ängsti-
genden, erregenden?) Gewissheit, wenn sie es an-
schauten, rote Flecken darauf zu finden, die nie in
jenem abendlichen kleinen Fieber gebrannt hatten,
das die Wände des Zimmers verzerrt, sie, die keine
große, verbotene Liebe erlebt, sie also auch nicht
verloren hatten.

Sie. Die lachten. Und doch verlegen waren,
weil sie ihm die jüngsten Nachrichten aus einer

Welt in Aufruhr erzählen mussten, ihrer Welt – der seinen jetzt auch – Weißt du, es ist nicht gut gelaufen, Onkel Adrien ist nicht da und Cousin Marcel auch nicht. Wir müssen's dir wohl sagen, der Krieg ist erklärt. Ja, seit gestern. Natürlich hat man das euch da oben nicht mitgeteilt. Man hat euch geschont. Klar. Aber heute zählt nur, dass es dir gut geht, dass du zurückgekommen bist. Der Krieg wird nicht lang dauern, wir werden ihn gewinnen. Weihnachten sind wir in Berlin.

*Es ist sicher, das musst Du zugeben, dass man be einem Zustand des Infantilismus, Gesellschaftsspiele Tanztees. Wenn die Nachrichten zu schlecht waren Ausgabe dieses Tages nicht ausgeliefert. So begünsti und der Rückzug auf sich selbst, der manchmal deut keinerlei Hilfe gegen die Verzweiflung. Er hatte ohn sen, diesen trügerischen Schutz abzulehnen, falsch*

Er, wieder in der Schule. Wie der, der er vorher war, ein junger Mann, der »sich auf das Leben vorbereitet«, das Leben mit all seinen Zugeständnissen und Verrätereien, *mit all seiner Hoffart und allen seinen Werken.* Lebte verhalten, als fühle er sich nicht wohl in seiner Haut, als sei er sich selbst fremd. Die Monate vergingen. Ein Winter. Ein Frühling. Erneut fiebernd und leidend blieb er einige Wochen zu Hause. Als er eines Morgens, seine Bücher unter dem Arm, wieder ins Stadtzentrum ging und den Platz mit den Ahornbäumen erreichte, verboten Wachen den Zutritt zum Hof des Gymnasiums, der von Soldaten wimmelte. Er, der einen Moment dort stehen blieb, die ungewohnten Uniformen betrachtete und dann in der panischen Menge der Flüchtlinge durch die Stadt irrte. Er hörte die Klagen: Seit Tagen suche ich —, die Fragen: Haben Sie — nicht gesehen? Er bot seine Dienste den freiwilligen Helfern an, die sich bemühten, die Leute wieder zusammenzubringen, die durch den Exodus getrennt worden waren, aber man misstraute – argwöhnte er – seinen glänzenden Augen, seinen hohlen Wangen. In diesem eroberten Land, in dem die Geiseln zu Dutzenden starben, fürchtete man sich, kaum den Bomben entkommen, immer noch vor Bazillen. Er, erstaunt, gedemütigt. Seine Mutter, die ihm eine Strafpredigt hielt, kannst du die freie Zeit nicht zur Erholung nutzen, und von der Rückfallgefahr sprach, du weißt, dass du aufpassen musst, es ist schon schwer genug, dich durchzubringen, und da musst du deine Kräfte vergeuden und dich auf der Straße herumtreiben. Für nichts. Jetzt kann man doch gar nichts mehr tun, als für's Überleben zu sorgen.

Und er, der sich anbot, mit dem Fahrrad aufs nahe Land zu fahren und Nahrungsmittel zu beschaffen, erklärte, so würde er an die Luft kommen, und der dabei eines Tages Menschen traf, die sich nicht um seine abgezehrten Züge, seine Stirn kümmerten, auf der bei der geringsten Anstrengung der Schweiß perlte, und die ihn schnell bei sich aufnahmen. Ihre Arbeit war schwer; aber zumindest war kein ärztliches Zeugnis, keine Garantie für Langlebigkeit notwendig, um sich daran zu beteiligen.

Doch bevor er sich ihnen anschloss, zwischen seinen Expeditionen auf die Dörfer und Bauernhöfe – von denen er ein paar Eier, manchmal einen Sack Kartoffeln mitbrachte –, ständig und angstvoll auf ein noch so kleines Zeichen lauernd. Der Brief an Bertrand war mit dem Vermerk *Unbekannt* zurückgekommen, als seien selbst die Eltern an dem Komplott beteiligt, aber vielleicht waren sie ja auch geflohen, ein ganzes Volk war in den letzten Monaten unterwegs, auf den Straßen. Er, der hundertmal den entdeckte, den er suchte, an einer Straßenecke, am Eingang einer Grünanlage, auf Bahnhöfen, mit Uniformen überfüllten Bahnsteigen, ihn in der Menge erkannte und auf ihn zurannte, ihn rief, und jedes Mal war es ein anderer.

Er, der dann, in krankhafter Sehnsucht – oder vom Delirium gepackt –, auf Friedhöfe ging. Graue Platten, schmale rosa Kiespfade, schmiedeeiserne winzige Umfriedungen, zerbrochene Statuen und Säulen, Inschriften, die er halblaut las, grüblerisch, gequält. Aber die Suche hätte nur Sinn gehabt, wenn sie systematisch und vollständig gewesen wäre, eine Tour de France der Gräber. Hätte er damals auf einem Stein den Namen entziffert, von dem er besessen war, er wäre mit dem verfemten, verurteilten Mann, den er eines Tages hinter dem Gebüsch aus dem Nebel treten sehen sollte, nicht so verhängnisvoll nachsichtig umgegangen.

Er, der jeden Abend seine Erinnerungen in ein Spiralheft schreibt. Der Gang durch den Wald, so hatte es angefangen. Bertrand hatte gesagt, komm schnell, vor dem Abendessen haben wir gerade noch Zeit für einen Spaziergang. Sie hatten die Mäntel angezogen, ihre Schals genommen, die Schneestiefel zugeschnürt. Er, der sich an jede Einzelheit erinnert, das zerdrückte Zigarettenpäckchen (verboten) in der Manteltasche. Sich an den dunkelblauen Himmel erinnert, das leichte Knirschen des Schnees unter den Sohlen, Brombeerzweige zeichneten Arabesken auf die weißen Böschungen, die dichte Prozession der Buchshecken. Der schreibt, sie seien gegangen wie im Traum, Hand in Hand, im Glanz der Millionen Kristalle, die in der untergehenden Sonne in eisigem Feuer erglühten. Und als sie die Stelle erreichten, wo der jungfräuliche Schnee sich auf den Abgrund öffnete, erklärte Bertrand schließlich, dass die Liebe zwischen Jungen nichts Befremdliches sei, sie war sogar völlig normal, die Konventionen, die Codes, die Gewohnheiten seien nur dazu da, Gefängnisse aus Angst und Scham zu errichten. Er, der stumm blieb. Aber – erinnerte er sich später – am selben Abend, zur Zeit des Lichterlöschens, war er zum ersten Mal zu Bertrand gegangen, in sein Bett. Weil Bertrand es wagte, den Riegel vorzuschieben, und es gewagt hätte, nicht aufzumachen, wenn eine Schwester (sanft oder streng) geklopft hätte.

*Aber ja, ich wusste, ohne dass ich es mir eingeste schienen sehr glücklich, unzertrennlich, egal was und die Lungen zerfressen. Draußen war der Grenzen, München, und Polen überfallen wie entschieden, ihr armes kleines Glück zu verscho nichts zu sehen und nichts zu hören. Allzuoft in di der Kleinmut, der siegt. Man hat so wenig zu lächerlich gewordene Gesten. Man vergisst, dass lange dauern. Wir dachten, dass die Zärtlichk*

Und erzählt auch – im selben Heft, aber einige Seiten später – von dem nassen Unterholz, erzählt von
dem Dornengestrüpp, das der Herbst rot färbte, von
dem regengebeugten Schilf. Von dem gelben,
schaumgekrönten, aufgeweichten Schlamm in den
Furchen des Feldwegs, da wo gestern, einst, die
Fuhrwerke entlang holperten. Vom säuerlichen Geruch der Winteräpfel, die im hohen Gras verfaulten.
Erzählt von den Nächten ohne Feuer im Schutz des
Geästs. Wie der eine oder andere der mürrischen Gefährten sagte, komm, müssen zusammenrücken du
und ich, und sie wickelten sich eng in dieselbe raue
Decke, bald wurde ihnen warm, und was tun, wenn
ihr Geschlecht manchmal hart wurde, was tun außer
die verstohlenen Hände machen zu lassen?

Wie der Freund für einen Abend – oder für eine Woche – sagte, ich hatte eine Frau, sie hat mich
verlassen. Wie er sagte, und du? Wie er, die Augen
geschlossen, schwieg. Wie der andere unermüdlich,
voller Heimweh seine Jugendlieben herunterbetete:
fünfzehn Jahre, das Heu in der Scheune, ein heiß-
blütiges Mädchen, er hätte geglaubt, dass sie schon
eine Menge Liebhaber gehabt hatte, und hätte lachen müssen wie verrückt, als sie verlegen stotternd
gestand, dass es das erste Mal war. Der heute noch
lachen musste und fragte ——

Ich? Ach, ich. Der dichte Schatten der schwarzen Tannen. Der Raureif, der seinen Farn über die Fenster des Sommerpavillons breitete. Letztes Jahr, sagte Bertrand, kamen wir jeden Nachmittag hierher und aßen Kuchen und tranken Eisenkrauttee. Und eine der Frauen, mit langen Haaren, extrem abgemagert, das Gesicht wie erleuchtet, ein Anflug von Purpur auf den Wangenknochen – sie war noch schön –, redete unablässig davon, was sie tun würde, von dem tollen Leben, das sie führen würde, wenn sie geheilt wäre. Eines Tages ist sie verschwunden. Hier, sagte Bertrand, verstecken sie den Tod, sie schaffen die Leichen unter größter Geheimhaltung aus dem Haus, in der löblichen Absicht, die zarten Gemüter der Überlebenden zu schonen. Fügte hinzu, diese Vorkehrungen sind albern. Das Leben ist doch nur so kostbar, weil die Menschen wissen, dass sie sterblich sind.

*großen goldenen Fleck, genau an die Stelle seh*
*schau, an diesem Ort, an dem man mir aufget*
*Ruf einer solchen Einrichtung, nicht befriedige*
*sich regelmäßiger Kontrolle unterziehend, die o*
*die Zeit der verliebten, eingeschlossenen Jugendl*
*als du sagtest, die tiefblauen Zedern behielten*
*von Traum und Schmerz.*

Er. Der nicht mehr wusste, dass er sterblich ist. Einer unter anderen geworden. Unter diesen anderen, die Schmerz und Angst ertrugen, ohne noch Angst zu haben. Sie, die ihn vorbehaltlos aufnahmen. Sich schnell an sein langes Schweigen gewöhnten. Ihn an gefährlichen Aktionen teilnehmen ließen, ohne ihn wegen seiner Jugend, seiner Blässe, seiner Hustenanfälle zu bemitleiden. Deren Anführer ihn jedoch manchmal, wenn sie zu einer Mission aufbrachen, einen Moment lang musterte, sagte, nein, du nicht, heute nicht, und wenn er protestierte, erklärte, jemand müsse die Hütte bewachen, sie hätten keine Lust, sich das Material klauen zu lassen. Eines Tages sogar warnte, in der Gegend treibe sich ein falscher Bruder herum, ihm, dem Jüngsten, der vor Ort blieb, vertraue man die Aufgabe an, ihn zu entlarven. Wenn er sagt, dass er von den Hügeln kommt, wenn er das sagt, wenn er es noch mal sagt, schießt du. Von den Hügeln, denk dran, daran erkennst du ihn.

Still und kalt der Morgen. Und dieser Mann, der kommen und sich verraten würde. In aller Ruhe in die Falle gehen. Und er, der zwanzigmal überprüft hatte, ob sein Gewehr funktionierte. Es in der Hand hielt, dann einen Moment abstellte, um sich die steifgefrorenen Finger zu wärmen, es wieder aufnahm, mit dem Zeigefinger über den Abzug strich. Sich mittags auf den Baumstumpf setzte, die Waffe quer über den Schenkeln, und Brot und Käse aß. Dann auffliegende Raben am Rand des Buchenwäldchens, die Kameraden dort legen ihren Sprengstoff. Das Geräusch brechender Zweige, das Dickicht öffnet sich. Der Junge, der auf ihn zukommt, in Tuchhose und alter Lederjacke, steifer Mütze und dickem Schal, der sein Gesicht verdeckt, bis auf die Augen. Grau. Oder grün vielleicht. Der ein paar Schritte vor ihm stehen bleibt, um ohne Hast, die von der dichten Wolle gedämpften Worte sehr deutlich artikulierend, zu verkünden, ich komme von den Hügeln. Der wiederholt, ja, von dort oben, von den Hügeln. Sogar noch hinzufügt, das sei alles, was er zu sagen habe. Und er, immer noch an den Baumstumpf gelehnt, er, von einer Erregung überwältigt, die sich hinterrücks in eine entsetzliche Hoffnung verwandelt. Die neutrale, erstickte Stimme, die lachenden Augen, denen sein fassungsloser Blick begegnet. Grüngraue, goldgefleckte Augen. Wie er da sagt – flüsternd –, sagt, hau ab. Noch einmal sagt, hau ab, hast gerade noch Zeit. Und als er weiterspricht (nur ein Hauch), sie wollen dich töten, hau ab Bertrand, ist der Junge schon verschwunden. Und er, der ihn ver-

schont hat, er, der schon begreift, dass er nie aufhören wird, sich ein und dieselbe Frage zu stellen,
dass er nie wissen wird, ob der andere, wenn er ein
bisschen lauter, ein bisschen deutlicher gesprochen
hätte, nicht die Brauen hochgezogen hätte, erstaunt: Bertrand? Ich heiße Jacques. Oder Paul.
Oder Jean.

*habe ihn gestern bei den Konsultationen wiede*
*tineuntersuchung. Er hat gesagt, es sei unglau*
*mindestens fünfzehn Jahre her, aber das macht*
*mich wiedererkannt hätte. Auch ich hätte ihn o*
*nur etwas dicker geworden, ich fand, dass er*
*hatte Angst. Es hat mich an den Schrecken eri*
*als ich ihn an jenem Tag fortgehen sah, wie e*

Wie die Männer bei der Rückkehr erschöpft, froh
erklärten, die Brücke gibt es nicht mehr (oder vielleicht war es auch eine Verteidigungsanlage oder ein
Gleisabschnitt). Wie die fünf nach dem Bericht von
ihrer Mission fragten – oder nur einer von ihnen –,
und, ist er nicht gekommen? Wie er wortlos den
Kopf abwandte. Und sie plötzlich ansah, mit
schweißgebadetem Gesicht schrie, doch, er ist gekommen, gekommen und wieder gegangen. Wie
die fünf, zuerst sprachlos, schließlich lauter brüllten

als er, dieser Schwachsinnige, dieser Dreckskerl, hat sich nicht an die Vorschriften gehalten. Dann leiser, höhnisch, echt, du hast nix in den Eiern, miese Schwuchtel, armer Schwindsüchtiger. Und in plötzlich wiederaufflackernder Wut, he du Arschloch, sag es, sag's uns doch, warum hast du nicht geschossen? Ein paar ihm sogar mit dem Revolver drohten, und er, reglos, ohne auch nur den Versuch sich zu rechtfertigen, zu verteidigen, bis eine entschiedene Hand ihn an der Schulter packte, bis der, der gewöhnlich den Befehl führt, der nicht zu brüllen braucht, ruhig das Wort ergreift: Es reicht, Jungs, ihr seht doch, der Kleine ist am Ende.

Und er. Der die Fortsetzung nie erzählt. Sie nur ein einziges Mal erzählt. Fünfzehn Jahre später. Dieser Frau, die er wiedergetroffen hat. Die Sanfte, immer noch sanfte, im weißen Kittel hinter einem lackierten Schreibtisch im städtischen Gesundheitsamt, das sie leitet, seit man das überflüssig gewordene Sanatorium dort oben in ein Altersheim umgewandelt hat, in dem die andere – die Strenge – damit beschäftigt ist, friedlich ihren Lebensabend zu verbringen. Und während diese hier, die Sanfte, ihn anschaut, fast ohne Lächeln, und ihre Lippen zittern, gesteht er jetzt, dass er nicht wissen *will* und dass sie ihn an jenem Morgen – vor so langer Zeit –

im blauen Licht des Flurs, als die Morgendämmerung die Scheiben weiß tönte, zu einer schrecklichen Hoffnung verurteilt hat. Er, der es nun ablehnt, dass man ihn befreit, sogar die Augen abwendet, als fürchte er, dass sie mit einem zu deutlichen Blick enthüllt, was er sich jetzt weigert zu erfahren. Denn drei Tage nach dem Sprengstoffanschlag (auf eine Brücke? einen Gleisknoten? ein Munitionsdepot?), als er tief im Wald beim Holzsammeln war – demütige Art, sich nützlich zu machen –, sind seine Gefährten von der Miliz gefasst worden.

Er, der sich zum Schluss bedankt, weil die Aufnahme von seinen Lungen heute gut aussieht, nur noch ein leichter Schatten, lediglich Vernarbungen, er wird nicht wiederkommen.

Der geht. Und sie, die unentschieden seufzt. Doch nichts zu entscheiden hat. Das Register zurückschiebt. Weiß, dass sie einen Namen aus der Liste streichen kann. Den Namen dieses Mannes, den sie nicht wiedersehen wird, der die Tür hinter sich schließt.

Er, der fast sofort wiederkommt. Das gläserne Büro wieder betritt, ohne zu klopfen. Dicht an den Schreibtisch kommt. Noch einmal vor ihr steht, reglos. Und sie wartet. Gleich wird er reden. Sie schaut ihn an. Doch er schweigt. Tritt bald einen Schritt zurück. Beugt sich über den niedrigen Tisch, auf dem Zeitschriften herumliegen. Wählt eine aus. Faltet sie sorgfältig. Nimmt sie von der linken in die rechte Hand. Zögert. Geht zum Fenster, das sich auf den blauen, leichten Himmel öffnet, erklärt mit gleichmäßiger Stimme: Nun ja, das ist alles, entschuldigen Sie. Ich hatte meine Zeitung vergessen.

## MÄDCHEN AN DER BUSHALTESTELLE
### IN EIN BUCH VERTIEFT

Sie war gerade oben auf Seite 136, als der Bus kam.

Oben auf Seite 136 bleibt der Mann mit dem 8-Zylinder-Volga vor dem Mädchen stehen, das auf den Bus wartet. Dies geschieht auf einem großen, freien Platz in einer mitteleuropäischen Stadt mit schwer auszusprechendem Namen. Mitten im Sommer.

Der Mann mit dem Volga hat sich aus dem Fenster gelehnt und gesagt (der Bus kam vom Boulevard Saint Germain. Mädchen über das Buch gebeugt. Hat dem Fahrer kein Zeichen gegeben. Fröstelt. Es ist Winter) hat also gesagt (der Mann mit dem Volga) Steigen Sie ein, wir gehen bei meinem Freund essen, dem einarmigen Ungarn, er leitet ein angesehenes Restaurant (in einer Straße mit kompliziertem Namen in Mitteleuropa). Mein Freund steht in der Küche. Er kocht sehr gut mit einer Hand. Sein Pörkölt ist berühmt und das Tokány auch (das sind mitteleuropäische Gerichte. Alles, was in dem Buch geschieht, geschieht in Mitteleuropa).

Aus der Richtung Gare d'Austerlitz hört man eine Hupe. Irgendjemand wird vergessen haben, dass in Paris das Hupen seit langem verboten ist.

Kein Autobus ist gekommen zwischen Seite 136 und Seite 139. Auf Seite 139 tritt ein schlanker, blonder Detektiv mit vergissmeinnichtblauen Augen auf. Ab Seite 140 ermittelt der schöne Detektiv, Hat sie (das Mädchen) einen Mann in einem Volga gesehen? Ja, sie hat. Der Mann hat sie zum Essen eingeladen. Dieser zwielichtige Typ trifft sich mit Drogendealern bei seinem Freund, einem ungarischen Gastronom, der bei einer Schießerei einen Arm verloren hat. Sie wird da nicht mehr hingehen.

Das Mädchen schmiegt sich fest an ihren dicken Mantel. Beherzt hält sie das aufgeschlagene Buch und ein abgenagtes Bleistiftende fest. Zweifellos hat sie die Absicht, bestimmte Passagen zu unterstreichen, um sie noch einmal in Ruhe zu lesen oder auch um sich Wörter zu notieren, die ihr bis dahin unbekannt waren (Pörkölt Tokány Székelygulyas).

Der Mann mit dem Volga taucht wieder auf, er springt aus seinem Wagen, zieht eine Pistole. Zur Rush-Hour würde der junge, schöne Detektiv hinter einem Bus in Deckung gehen. Kein Bus in Sicht. Der Mann mit dem Volga schießt auf den Detektiv, der niedersinkt. Blut breitet sich auf seiner Brust aus.

Das Mädchen schreit auf.

Das Mädchen blättert schnell zur Seite 157. Sie will wissen, ob der Detektiv mit den schönen Augen überlebt hat, bevor der nächste 63er kommt.

Da ist er schon. Ein 63er, Richtung Gare de Lyon. Wieder hat das Mädchen dem Fahrer kein Zeichen gegeben, sie sah nur das vergossene Blut. Der Bus hat nicht angehalten. Um Hilfe zu rufen, hat sie aufgeblickt. Hinter dem Busfahrer saß ein junger blonder Mann, schlank und hübsch, mit blauen Augen. Es war gerade mal Zeit, ihn zu erkennen, sie wagte nicht, rufend hinter dem Bus herzulaufen. Auch wagte sie nicht, einen Blick auf Seite 158 zu riskieren, aus Angst, dort auf eine Leiche zu stoßen.

Der Mann mit dem Revolver war geflüchtet. Vom Quai de la Tournelle her ertönte plötzlich die Sirene eines Streifenwagens.

Das Mädchen liest ein letztes Mal auf Seite 146 die Worte, die der schöne Blonde ausgesprochen hat, in Mitteleuropa, auf dem sonnigen Platz, an einem strahlenden Tag. In einem gleißenden mitteleuropäischen Licht, im Juli, wartet das Mädchen auf die Ankunft eines dritten 63er Busses. Es ist 12 Uhr mittags auf der Uhr an der Haltestelle in der Nähe des Gitterzauns, der den öffentlichen Park umgibt. Die Bäume haben ihre Blätter verloren, der eisige Wind trägt sie fort. Man sollte nach Hause gehen, nachdem man aus dem Bus gestiegen ist und in einem Bistro in der Gegend Sandwichs für's Mittagessen gekauft hat. Sie wartet, sie hat keinen Hunger. Sie hält das Buch noch immer aufgeschlagen. Sie wird keine Krimis mehr lesen. Man hängt sich an die Figuren. Wenn sie sterben, leidet man, wie idiotisch. Sie beginnt, an den weißen Rand die Geschichte einer glücklichen Liebe zu schreiben.

# INHALT